U0599198

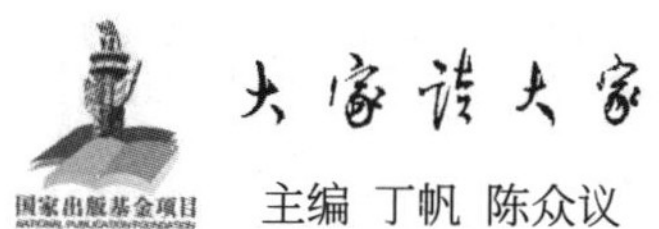

主编 丁帆 陈众议

日谈天方夜谭

林丰民 著

作家出版社

大家来读书

世界文学之流浩荡，而我们却只能取其一瓢一勺。即便如此，攫取主流还是支流？浪花还是深水？用瓢还是用勺？诸如此类，又不是三言两语可以说得清道得明的。

本丛书由丁帆和王尧两位朋友发起，邀约了外国文学文化研究的十位代表性学者。这些学者对各自关心的经典作家作品进行富有个性的释读，以期为同行和读者提供可资参考的视角和方法、立场和观点。本人有幸忝列其中，自然感慨良多，在此不妨从实招来，择要交代一二。

首先，语言文学原本是人文的基础，犹如数理之于工科理科；然而，近二三十年来，文学的地位一落千丈。这固然有历史的原因，譬如资本的作用、市场的因素、微信的普及、人心的躁动，等等。曾经作为触角替思想解放、改革开放（在国外何尝不是这样?）探路的文学，其激荡的思想、碰撞的火花在时代洪流中逐渐暗淡，褪却了敏感和锐利，以至于“返老还童”为“稗官野史”“街谈巷议”，甚或哼哼唧唧和面壁虚设。伟大的文学似乎正在离我们远去。当然，这不能怪世道人心。文学本就是世道人心最重要的组成部分和表现方式；而且“人心很古”，这是鲁迅先生诸多重要判断中的一个，我认为非常精辟。再则，在任何时代，伟大的文学都是凤毛麟角。无论是文艺复兴运动时期或19世纪的西方，还是我国的唐宋元明清，大多数文学作品都会被历史的尘埃所湮没，唯有极少数得以幸免。而幸免于难的原因要归功于学院派（哪怕是广义学院派）的发现和守护，以便完成和持续其经典化过程。然而，随着大众媒体的衍生，尤其是多媒体时代的来临，学院派越来越无能为力。我这里之所以要强调语言文学，就是因为它正在被资本，甚至图像化和快餐化引向歧途。

其次，学术界的立场似乎也已悄然裂变。不少同仁开始有意无意地抛弃文学这个偏正结构的“大学之道”，既不明明德，也不亲民，更不用说止于至善。一定程度上，乃至很大范围内，批评成了毫无标准的自说自话、哗众取宠、谩骂撒泼。于是，伟大的传统——马克思主义被轻易忽略。曾几何时，马克思用他的伟大发现揭示了人类社会发展的基本规律，但是他老人家并不因为资本主义是其中的必然环节而放弃对它的批判。这就是立场。立场使然，马克思早在资本完成国家垄断和国际垄断之前，就已为大多数人而对它口诛笔伐。这正是马克思褒奖巴尔扎克和狄更斯等批判现实主义作家的重要因由。同时，从方法论的角度，恩格斯对欧洲工人作家展开了善意的批评，认为巴尔扎克式现实主义的胜利多少蕴涵着对世俗、时流的明确悖反。尽管巴尔扎克的立场是保守的，但恩格斯却从方法论的角度使他成了无产阶级的“同谋”。这便是文学的奇妙。方法有时也可以“改变”立场。这时，方法也便获得了一定的独立性。在致哈克奈斯的信中，恩格斯说：“我决不是责备您没有写出一部直截了当的社会主义的小说，一部像我们德国人所说的‘倾向小说’，来鼓吹作者的社会观点和政治观点。我的意思决不是这样。作者的见解愈隐蔽，对艺术作品来说就愈好。我所指的现实主义甚至可以违背作者的见解而表露出来。让我举一个例子。巴尔扎克，我认为他是比过去、现在和未来的一切左拉都要伟大得多的现实主义大师。”由是，恩格斯借马克思的“莎士比亚化”和“席勒式”之说来提醒工人作家。

再次，目前盛行的学术评价体系正欲使文学批评家成为“文本”至上的“纯粹”工匠。量化和所谓的核刊以某种标准化生产机制为导向，将批评引向千篇一律、千人一面的劳作。于是，一本正经的钻牛角尖和煞有介事的言不由衷，或者模块写作、理论套用，为做文章而做文章的现象充斥学苑。批评和创作分道扬镳，其中的作用和反作用形成恶性循环。尤其是在网络领域，批评的缺位使创作主体益发信马由缰、肆无忌惮。

说到这里，我想一个更大的恶性循环正在或已然出现，它便是读者的疏虞。文学本身的问题使读者渐行渐远。面对商家的吆喝，读者早已无所适从。于是，浅阅读盛行、微阅读成瘾。经典的边际被空前地模糊。我们这个发明了书的民族，终于使阅读成了一个问题。呜呼哀哉！这对谁有利呢？也许还是资本。

以上固然只是当今纷繁文学的一个面向，而且是本人的一孔之见，不能涵盖文学的复杂性；但文学作为资本附庸的狰狞面相已经凸现，我们不能闭目塞听，更不能自欺欺人。伟大的作家孤寥寂寞。快快向他们靠拢吧！从这里出发，从现在开始……

是为序。

陈众议

2018 年 7 月 25 日于北京

目　录

I　来自东方的魔幻现实主义

——读《一千零一夜》

阿拉伯民间故事集《一千零一夜》是优秀文学作品的世界性流动极为典型的一个例子。它在产生的过程中吸收外来文学的优秀因子，而在它成形、定型以后又传到西方，传到世界各国各地，并产生程度各异的影响。《一千零一夜》在世界范围内的流动是一种十分有趣的现象，值得我们进行深入的研究。本文将截取《一千零一夜》之“流程”的一个分段，即它对拉美魔幻现实主义文学所产生的影响，作一粗浅的探讨。

似曾相识的手法

对《一千零一夜》比较熟悉的读者，在读过一定数量的魔幻现实主义小说后，往往会产生似曾相识的感觉。之所以会产生这样的感觉，是因为两者在风格上极为相近。我们从比较文学的平行研究的角度来分析，可以发现两者在表现手法和技巧上有许多相似之处。

一、神奇的描写与现实的反映奇妙结合。

《一千零一夜》虽然是以浪漫主义为基调的，但没有完全脱离现实，甚至是正视现实、关心现实的，基本上是以社会现实作为创作源泉的。无论是现实的还是非现实的故事，“它们都反映了古代阿拉伯人民对美好生活的向往和追求，表现了他们的习俗、情趣和品格”（郅溥浩：《神论与现实——〈一千零一夜〉论》）。在这一点上，魔幻现实主义文学是与之相契合的。特别是表现出了拉美人民反独裁反专制、反侵略反封建，要求民主、渴望自由、揭露黑暗、追求光明的精神。

当然，同样是神奇与现实的结合，拉美魔幻现实主义还是有着自己独特之处的，它不像《一千零一夜》的故事只是把现实与神奇简单地糅合在一起，而是“变现实为幻想而又不失其真”。“在魔幻现实主义小说中，作者的根本目的是试图借助魔幻来表现现实，而不是把魔幻当成现实来表现。”（安徒生·因贝特：《魔幻现实主义以及其他论文》）魔幻现实主义小说中的人与事本来是符合逻辑、符合自然法则和正常思维的，但作者故意以虚幻的想象把它们写得不合情理，不可认识，或不给以合理的解释，幻变了它们的本来面目，从而营造了一种既超自然而又不能脱离自然的气氛，给人一种怪诞的感觉。

二、打破生与死、人与非人、现实与非现实的界限，亦虚亦实，虚实相生，构建了一个似是而非、真真假假的奇特世界。

《一千零一夜》侧重于人与非人之间发生的种种奇事，充斥着魔鬼、蛇女、羽衣姑娘等具备人的思维的非人形象，以及神灯、神戒指、飞毯、飞床、乌木马等神幻物，还有神通广大的咒语魔法，能使人类变猴子、人变鱼、人变狗、人变鸟，也能使之恢复人形。

魔幻现实主义小说则侧重打破时间与空间的界限，把不同时间、不同地点和发生在不同人物身上的事件放在一个层面上进行描述，把生与死、过去与未来、真实与幻觉糅合在一起，造成魔幻的、神奇的效果。墨西哥的卡洛斯·富恩斯特、胡安·鲁尔福和马尔克斯等许多魔幻现实主义作家的笔下都出现过比常人寿命长得多的人物形象，有的甚至经过几个世纪依然出现在人间（富恩斯特：《我们的土地》），令人怀疑其为人抑或为鬼。过去的人和现在的人，死去的人和活着的人出现在同一个时间，同一个场合。在有的魔幻现实主义作家笔下，时间可以停滞，于是历史的发展陷入循环往复的轮回，时间还可以拉长，一个时刻可以拉长为一年的时段，人物的活动在拉长的时段里演化出更为丰富的内容。

三、借以营造神秘怪诞气氛的夸张手法。

魔幻现实主义大量使用夸张、隐喻、象征、暗示和预言等各种技巧来加强作品的神秘感。其中夸张的手法与《一千零一夜》尤其接近。在这里试以人物形象的夸张描写为例进行一下简单的比较。

在《一千零一夜》中，渔夫的故事所描述的魔鬼形象，经过极度的夸张，呈现在我们面前的是一个披头散发、巍峨高耸的超级巨型类人形象：头颅像堡垒、手臂像铁叉、脚杆像桅杆、大嘴像山洞、牙齿像石头、鼻孔像喇叭、眼睛像灯笼。这种夸张的丑陋形象所展示的神奇与魔幻现实主义所追求的神奇观念是相同的，即无论美丑均可显出其神奇之处。古巴的魔幻现实主义作家阿莱霍·卡彭铁尔指出："不能认为神奇的事物之所以令人感到惊奇，是因为它是美丽的。不，丑陋的、荒诞的、可怕的东西也可以是神奇的。一切奇妙的东西都是神奇的。"

与渔夫故事中的巨魔相类似，我们看到马尔克斯《百年孤独》所描写的何塞·阿卡迪奥这一巨人形象：这位身躯魁伟的巨人通过门口时，那方方正正的背几乎被卡住，他的腰带比马的肚带还要宽两倍。他的脚踩落下去时，踩得地面直颤，犹如发生了一场地震。他一觉睡了三天之后，一口气吃了十六个未煮熟的鸡蛋。五个人联手同时跟他掰手腕也未能取胜，只得甘拜下风。十一个人一起使劲才能搬得动的大柜台，他一把就举过头顶，轻而易举地搬到街上。

在这里，我们又一次看到魔幻现实主义与《一千零一夜》的"同中之异"，即魔幻现实主义"化现实为幻想又不失其真"的原则。尽管何塞·阿卡迪奥这一巨人形象给人的感觉神乎其神，但其在现实生活中存在的可能性比《一千零一夜》的巨魔大得多。换言之，魔幻现实主义更注重以一种具体的现实为依据。当然这种具体的现实可以是自然的、社会的、历史的，也可以是心理方面的。具体的现实经过作家的想象上升到幻想，“创造”出带有“魔幻”或幻想色彩的“新现实”，却又不完全脱离原来意义上的现实。

四、神话与传说的插入，有时将神话与现实融会在一起。

《一千零一夜》汇总了阿拉伯、波斯、印度、希腊、罗马等民族的神话、传说。这些超自然的神话和传说“使不合理的变成合理的，或使绝不可能的事情变成现实”（哈尼·伊勒哈赫：《介于幻想与现实性之间的〈一千零一夜〉》）。马克思也认为：“任何神话都是用想象和借助想象以征服自然力的。”在神话的作用和运用神话的目的性这一点上，魔幻现实主义与《一千零一夜》并没有太多的差别。魔幻现实主义主要运用了本土印第安神话、玛雅人神话，有时也吸取其他民族的神话。有论者如黄锦炎等认为：“《百年孤独》还大量运用了印第安传说和阿拉伯神话以及《圣经》故事来加强马孔多的神秘气氛。”

不过，关于神话有两点值得注意的地方。一是神话在魔幻现实主义小说中的作用具体而言还是拉丁美洲的知识分子反抗独裁政治和专制统治的工具，是他们的批判精神的有效载体；二是在以玛雅人和印第安人为主的拉丁美洲土著民族的文化传统和精神世界里，人们往往视神话为真理，并以之衡量、观照现实世界，使现实与神话缠结在一起，难以分开。

魔幻现实主义与《一千零一夜》不仅在某些表现手法上有可比性，两者在产生的背景上也颇为相似：都是在多种文化的冲突与融合的过程中脱颖而出。《一千零一夜》成形成书的年代，正值阿拉伯阿拔斯朝时期向不同文化敞开大门，特别是百年翻译运动极大地推动了波斯文化、印度文化、希腊-罗马文化与固有的阿拉伯文化汇聚、整合，犹太教文化、基督教文化和伊斯兰文化像一条条小溪在阿拔斯朝宽松自由的文化氛围中汇合成一条巨大的河流，构建了阿拉伯-伊斯兰文化的主体。正是在这样的背景下，《一千零一夜》吸取了波斯、印度、希腊、罗马等各民族的神话、传说、寓言、故事，在阿拉伯民间流传、发展，最后经文人加以润色、登录成书，这既是阿拉伯广大人民群众智慧的结晶，也是多民族文化融会的产物。

拉丁美洲的绝大多数国家由于历史的原因存在着不同的文化传统，由文化的差异而导致的文化冲突，即西方文化与土著印第安文化、白人文化与黑人文化之间的互相冲撞在所难免。但是，随着时间的推移、社会的发展，随着白人与土著印第安人、白人与黑人等多血缘混血儿的产生和不断增多，不同的文化在冲突的过程中不断整合、融会，使许多国家的文化差异逐渐缩小，一种集中了多民族风俗习惯和文化传统的新型文化已经或正在形成。这种新型文化的混杂性成了拉丁美洲民族的重要特征。以墨西哥为例，它的文化综合了西班牙文化系统和印第安文化系统，其中，西班牙文化系统本身就掺杂了伊比利亚、腓尼基、罗马、哥特、犹太、阿拉伯等各种不同的民族文化因素，而印第安文化系统又集聚了阿兹台克、玛雅、奥尔梅卡、特奥蒂华坎、米斯特科、多尔特科等土著印第安民族的文化因素。

魔幻现实主义正是探索拉丁美洲混杂性文化传统的结果。它“表现了不同种族文化的冲突，混杂现实（这种冲突和混杂现象最强烈的国家恰恰也是魔幻现实主义得以产生和发展的地方），同时在其作品的一系列合乎逻辑、合乎事实的种族与种族之间、文明与落后之间的矛盾冲突中，自然地、本能地制造了一种神奇的氛围”（陈众议：《魔幻现实主义的民族渊源》）。可见，《一千零一夜》和魔幻现实主义小说都是在多种文化冲突、撞击、融会的过程中出现的，而且都产生神奇的效果，这是一个十分有趣的现象，值得我们进行深入的探讨。

迷离恍惚的幻想

从魔幻现实主义小说与《一千零一夜》的诸多相似之处，我们很容易想到另一个问题，即前者是否受到后者的影响？回答是肯定的。由于资料有限，我们说不清在表现手法和技巧上所产生的影响究竟如何，但在具体的内容和情节上，魔幻现实主义小说所受到的影响还是有蛛丝马迹可寻的。

拉美魔幻现实主义文学的代表作家，1982 年获得诺贝尔文学奖的哥伦比亚人加西亚·马尔克斯的作品中就留有《一千零一夜》的痕迹。马尔克斯的代表作《百年孤独》中有多处情节与《一千零一夜》的某些情节极为相似。在这里试举两个例子：

一是飞毯的奇迹。马尔克斯叙述道：“吉卜赛人带来了一条飞毯……当作一种玩耍的东西。为了享受在村舍顶上飞一飞的乐趣。有一天下午，飞毯使得兄弟俩高兴极了，它在试验窗前飞过，上面有一个驾驶飞毯的吉卜赛人和几个乡村孩子。”这一情节很容易让我们联想到《一千零一夜》中的飞床（《尔辽温丁·艾彼·沙蒙特》）、飞木马（《乌木马的故事》），特别是飞毯的故事：在《钢铁和胆瓶》中，所罗门大帝大战搞偶像崇拜的国王，动用飞毯来运载神兵，前往征战。

二是磁铁的情节。吉卜赛人“手里拿着两大块磁铁，从一座农舍走到另一座农舍，大家都惊异地看见，铁锅、铁盆、铁钳、铁炉都从原地倒下，木板上的钉子和螺丝嘎吱嘎吱地拼命想挣脱出来，甚至那些早就丢失的东西也从找过多次的地方兀然出现，乱七八糟地跟在梅尔加德斯的魔铁后面……”这一情节与《第三个僧人》所叙述的磁石山的故事颇为相似。瞎了眼睛、剃了胡须的僧人在他还是太子的时候率十艘大船周游群岛。船行至大黑石山即磁石山的时候，船上的钉子和金属物，全都受到磁石的吸引，飞上山去，船身因此而渐支离、解体，终至沉没海中。

尽管《百年孤独》中的升天、飞毯、魔鬼、地窖宝藏等的叙述并不只是对《一千零一夜》情节的生搬硬套，而是根据故事情节发展的需要恰如其分地插入，但是“它们并没有超越《一千零一夜》迷离恍惚的幻想和虚构”（陈众议：《魔幻现实主义的民族渊源》）。

而事实上，马尔克斯的确是受到了《一千零一夜》的影响。

有资料指出马尔克斯“七岁便开始阅读《一千零一夜》”。也许我们会怀疑马尔克斯是否在这么小的时候就具备阅读《一千零一夜》的能力，但我们尽可以相信他从七岁开始便已接触到《一千零一夜》的故事，如听别人讲《一千零一夜》的故事，这是完全可能的。

周而复始的夜晚

如果说马尔克斯《百年孤独》中受到《一千零一夜》的影响仅仅表现在对某些情节的改编上，另一位著名的魔幻现实主义作家、阿根廷的博尔赫斯对于《一千零一夜》的接受则完全是深入人心，并随时在自己的作品中体现其对《一千零一夜》的理解与欣赏。正像博尔赫斯作品的一位中文译者王央乐在描述这位作家的创作特点时所说的：“他总是经常提到《一千零一夜》。”

在短篇小说《特隆，乌克巴尔，奥尔比斯·忒蒂乌斯》中，博尔赫斯把《一千零一夜》与中国的《道德经》相提并论。他说：“一切的作品都是唯一的一个作家的作品；他是无限的，也是无名的。评论界往往发明作者：选择两本不一样的作品——譬如说《道德经》和《一千零一夜》——让它们属于同一位作家，然后真心诚意地来判断这位有趣的文人学士的心理……”他在这里把《一千零一夜》与《道德经》并排放在一起是为了说明评论界的荒唐，但从另一方面可以看出，《一千零一夜》在他的心目中是占有很重要的位置的。事实上他认为《一千零一夜》是与中国的《聊斋志异》归于同一类的："《聊斋》在中国的地位，犹如《一千零一夜》之在西方。"

《一千零一夜》还不止一次地成了博尔赫斯小说中人物经常使用的"道具"。在《沙之书》中"我"获得一本没有开始也没有结束的奇书之后，需要找一个安全、稳妥的地方来存放，找来找去，"最后我决定把它藏在那套残缺的《一千零一夜》后面"。在《别一个我》(又译《另一个》)中，另一个博尔赫斯房间衣橱里摆着的两排书中，最显眼的就是"莱恩译的三卷本《一千零一夜》，钢刻插图，每一章末尾有小字注解"。在《南方》中，图书馆职员胡安·达尔曼选择遵循祖先浪漫地去死的传统。临近奔赴南方殉死的旅程之前，他弄到了一部《一千零一夜》残本。这部书与他的命运密切相关。刚得到这本书时他就得了寒热病。"寒热折磨着他，《一千零一夜》里面的插图成了他噩梦的装饰"。病愈之后，他带着这套《一千零一夜》开始了"南方"之行。"在列车开动的时候，他打开箱子，犹豫了一会儿，取出了《一千零一夜》第一卷。这一部书与他遭到的不幸关系如此密切，带着它出门旅行，就是这种不幸已经消失的证明，就是对失败了的恶势力的快活而隐秘的挑战"。

博尔赫斯甚至直接改编《一千零一夜》的故事。他自称《两个人做梦的故事》便是采自《一千零一夜》第三百五十一夜的故事。故事的梗概是这样的：从前有一位开罗人，一天晚上在自家花园的无花果树下睡觉时做了个梦。梦见有人告诉他应该去波斯的伊斯法罕去寻找他的财富。这位开罗人第二天早上就出发了，经过长途跋涉，历尽千辛万苦，终于到了伊斯法罕城，但一进城天就黑了。他只好在一座清真寺的院子里躺下休息。没料到夜里一群盗匪到隔壁的房子行窃时惊动了房主，房主大声呼救，周围居民一齐跟着大喊，引来了巡逻队队长，把盗匪吓走。搜查过后抓到了这位从开罗来的陌生人，便对他鞭打审问。开罗人如实说了自己的梦。队长听后哈哈大笑，告诉开罗人说自己多次梦见开罗一个花园的无花果树旁的喷泉底下有个大宝藏却从未想去找寻。说完之后就把他释放了。开罗人回到老家之后，照着队长的梦境，在自己花园的喷泉下发掘了一大批财宝。

博尔赫斯之所以直接复述《一千零一夜》里的故事，是基于这样一种思想：他认为一本书的作者都有意无意地期待着被后人继承并以此获得新生甚至获得永恒。另一方面则是因为博尔赫斯把《一千零一夜》看成是一部十分优秀、十分奇妙的书，他深深为之吸引。青少年时代他就对《一千零一夜》中的神奇故事非常着迷。他在父亲的藏书室里发现一部英国作家伯顿编译的《一千零一夜》（英文版）。这本书在当时被视为淫秽书籍，家人不准他读，但他对家人的警告和责难置若罔闻，常躲到屋顶平台上去偷偷阅读。后来他还读过西班牙文等其他语种版本的《一千零一夜》。他不仅觉得《一千零一夜》是很神奇的，同时也认为《一千零一夜》是很古朴的。在短篇小说《门槛上的人》开篇，他告诉读者自己将忠实复述他的朋友讲的故事，然后感叹说："何况，这个故事本身就具有古老的淳朴的味道，《一千零一夜》中竟然没有收录，也许真是一大憾事。"博尔赫斯在谈到自己创作小说《两个国王和两个迷宫》时表达了类似的想法："在这篇不大可能发生的寓言中，可以看到若干人的成分或个人的特点。首先是它的东方舞台和想成为《一千零一夜》其中一夜的意图……"他还把《一千零一夜》的故事所产生的效果当成自己的创作所要达到的目标。他说："我不是而且从不是人们常说的那种寓言家或传道士和'介入作家'。我渴望做一个伊索，但我的故事又像《一千零一夜》，要的是吸引或者感动而不是说明。"

作为一位文学评论家和学者，博尔赫斯对《一千零一夜》是有着一定的研究的。他的许多评论文章中都提到《一千零一夜》。他曾专门探讨过《一千零一夜》的翻译问题，写有评论文章《〈一千零一夜〉的译者们》。四十七岁的时候，他开始在阿根廷和乌拉圭各地旅行，沿途举办各种讲座，其中有一个很重要的题目，就是《一千零一夜》。

在谈到《神曲》与《一千零一夜》的关系时，博尔赫斯认为但丁并未曾读到过《一千零一夜》，但是《神曲》有着与《一千零一夜》相似的东方意蕴。博尔赫斯谈到《炼狱篇》的几句诗：

甜美的天空像东方蓝宝石，
它聚集了一切宁静、安详，
及初转第一轮的无限纯洁。

他顿时联想到《一千零一夜》的东方韵味。他说："我一直想追究这几句诗的创作机制（对我试图表达的内容而言，也许'机制'这个词过于生硬）。但丁描写东方的天空、东方的早晨，所用的比喻竟是蓝宝石，而且是'东方的蓝宝石'。在'甜美的天空像东方蓝宝石'一句中，有一种镜子游戏：东方的天空像蓝宝石，蓝宝石是东方的。这就是说，蓝宝石被赋予'东方'的意蕴。总之，在《神曲》中，但丁未曾读到的《一千零一夜》的影子所在皆是。"在他看来，《神曲》所建构的尤利西斯的传说简直就是《辛巴达航海旅行记》的翻版："于是我们读到但丁创造的传说，这个传说超越了《奥德修斯》和《埃涅阿斯纪》，甚至还有重构尤利西斯（海员辛巴达）的《辛巴达航海旅行记》或《一千零一夜》。"

博尔赫斯甚至从《一千零一夜》看到了故事不断循环往复的可能性以及作品人物与现实观众或读者进行角色互换的可能性，看到这种可能性对人们心理所产生的影响。他分析道：

> 这个怪异故事的集子从一个中心故事衍生出许多偶然的小故事，枝叶纷披，使人眼花缭乱，但不是逐渐深入，层次分明，原应深刻的效果像波斯地毯一样成为浮光掠影。集子开始的故事众所周知：国王狠毒地发誓每夜娶一个童女，翌晨砍掉她的脑袋，山鲁佐德决心自荐，每晚讲故事给国王消遣，一直到一千零一夜，给国王看了他亲生的儿子。出于凑足一千零一篇数的需要，誊写员不得不插讲

各种各样的内容，最令人困惑的是那个神奇的第六百零二夜的穿插。那夜，国王从王后的嘴里听到她自己的故事。他听到那个包括所有故事的总故事的开头，也不可思议地听到故事的本身。读者是否已经清楚地觉察到这一穿插的无穷无尽的可能性与奇怪的危险？往后不断讲下去，静止的国王将永远听那周而复始、没完没了、不完整的《一千零一夜》的故事……图中之图和《一千零一夜》中的一千零一夜为什么使我们感到不安？堂吉诃德成为《堂吉诃德》的读者，哈姆雷特成为《哈姆雷特》的观众，为什么我们感到不安？我认为我已经找到了答案：如果虚构作品中的人物能成为读者或观众，反过来说，作为读者或观众的我们就有可能成为虚构的人物。

跨越大洋的旅程

《一千零一夜》对拉美魔幻现实主义产生影响，其实是有着相对便利的途径的，首先是西班牙文化中蕴含着极为丰富的阿拉伯因素。阿拉伯人占领西班牙后，统治的时间长达八个世纪。在这么长的时间里，阿拉伯文化对于西班牙文化的构成有着至关重要的作用。而《一千零一夜》作为民间文学“最壮丽的一座纪念碑”（高尔基：《〈一千零一夜〉俄译本序》），在西班牙文化中亦占有一席之地。于是以西班牙文化为载体，把《一千零一夜》的故事传送到拉美成为顺理成章的事情。

其次是近代以来，特别是19世纪末和20世纪初，黎巴嫩、叙利亚人由于宗教和政治的原因而大量移居国外，其中有一大批人来到拉丁美洲定居，因此布宜诺斯艾利斯在上世纪20年代就成为世界第四大阿拉伯人城市也就不足为怪了。在这些旅居拉美的阿拉伯人中有相当数量的知识分子和文人，组织了许多的文学社团，是后来的阿拉伯旅美文学的重要组成部分。这些阿拉伯文人不可能不知道《一千零一夜》故事，因此，拉美魔幻现实主义作家们从他们那里接触到《一千零一夜》的故事应该是近水楼台、理所当然的。

尽管《一千零一夜》在世界文学中占有重要的地位，受到世界人民的喜爱，但至今仍被一些正统文人视为不登大雅之堂的俗文学。而拉美魔幻现实主义作家们却从中吸取了有益的养分，再一次引起世人对《一千零一夜》的瞩目，这种“墙内开花墙外香”的现象的重复出现也算是《一千零一夜》的“不幸之幸”吧！

Ⅱ 想象中的东方异域

——读《一千零一夜》中的“他者”

作为阿拉伯民间文学的代表作,《一千零一夜》所蕴涵的学术研究价值是不言而喻的。尽管国内外学者已经从各个侧面对《一千零一夜》进行了既有广度又有深度的研究,但它仍然有许多东西等待我们去进行进一步的开掘与探究,尤其是随着新的理论出现,对经典作品的解读也就有了新的视角、新的方法、新的途径。比较文学形象学的出现,就为我们研究《一千零一夜》这样一部具有多种文化成分的作品提供了重新解读的新视角。

尽管有人研究过《一千零一夜》中的人物形象,但这种对人物形象的研究是从故事的情节出发,为发掘作品的主题而进行的分析,与比较文学意义上的形象研究有着截然不同的区别①。因为“比较文学意义上的形象学，并不对所有称之为‘形象’的东西普遍感兴趣，它所研究的是一国文学中对‘异国’形象的塑造或描述”(孟华：《比较文学形象学论文翻译、研究札记》)。本文将在这一理论基础上探讨《一千零一夜》中作为“他者”的中国、印度和波斯形象，借此分析阿拉伯人对异国/他者文化的接受或排斥，论述他们对他者的“集体想象”。

圆月与火光

《一千零一夜》开篇就出现了东方的异国形象：“传说古时候在印度、中国的群岛上，有一个萨珊国。国王手下兵多将广，奴婢成群。他有两个儿子，都是英勇的骑士。大儿子比小儿子更加骁勇善战。大儿子继承了王位，治国公正无私，深得民心，称山鲁亚尔王。弟弟叫沙赫宰曼，是波斯撒马儿罕的国王。兄弟二人在各自的王国里治国严明、公正，可谓清如水，明如镜。百姓们也都安居乐业，幸福无比。就这样，不知不觉过了二十年……”这个以东方形象开篇的故事虽然是要引出王后淫乱和国王开始滥杀无辜妇女的故事，但文本中对于印度、中国和波斯形象的叙述却持一种景仰、赞赏的态度。然而，随着情节的

① 即便在普通意义上的形象研究方面，国内已有的研究成果也不是很多，仅有纪焕祯发表过一篇《山鲁佐德的现代文学形象》与形象有关。但这篇文章也不是对《一千零一夜》人物形象的具体分析，而是总结了《一千零一夜》人物在现代文学中的重新演绎。郅溥浩的专著《神话与现实——〈一千零一夜〉论》中有一章论述《一千零一夜》的民间故事母题在一定程度上与人物形象相关。

推进，对东方的形象却产生了分野，对中国和印度形象的描绘大体上仍然保持在这样的善意基调上，而对波斯形象的叙述却变成了负面的。

对印度形象的刻画虽然不多，但是基本上都是美好的印象。在《脚夫和三个女郎的故事》中，第二个流浪汉讲述的故事把印度的统治者称作“伟大的印度国王”，而且这个国王也是求知好学的，在听说了出身波斯王室的“我”的博学多才以后，便派遣使者携带重礼来拜见“我父王”，邀请“我”去印度讲学。在这个故事中出现的女郎则是“一位灿若明珠般美丽的姑娘，让谁见了都会忘却一切烦恼和不快”，她是“印度边疆乌木岛国王的女儿”，本来已经许配给堂兄，却在洞房花烛夜被妖魔杰尔杰里斯·伊本·伊卜里斯劫夺走，霸占了二十五年，其遭遇令人同情。在《渔夫的故事》中套讲了一个小故事，题为《诡计多端的大臣的故事》，这个故事也与印度形象有关。故事叙述大臣企图假借妖精之手加害王子，而这妖精在最开始的时候变成了一个受难哭泣的女郎，以印度公主的身份出现在王子的面前，故而没有引起王子的疑心和戒惧。

对中国的形象刻画也基本上是正面的。《阿拉丁和神灯》的故事就是以中国中部大城市的一个裁缝的儿子作为主角来讲述故事的，“生动反映了古代阿拉伯人民对他们所向往的神秘美好的中国的印象”（刘守华：《比较故事学论考》），而《卡玛尔·宰曼和白都伦公主》中的白都伦的身份就是中国的公主，她的形象，她的父王的形象，还有她的国家的形象都是令人神往的：

今晚我从中国的一个岛屿飞来。那里的岛屿和四周的大海全是一个名叫乌尤尔的国王的国土，他还是七座宫殿的主人。这个国王有一个女儿，世间没有谁比她长得更漂亮。她天生丽质、窈窕婀娜，真是一位绝代佳人。对她的美丽，我这张笨嘴是无法形容的。她的父亲是一位声名赫赫的国王，统率着庞大的军队，控制着辽阔的国土。他日夜征战，骁勇无比，威名远播，天下无敌。他对女儿宠爱极了，不惜为她横征暴敛，掠夺别国的财物为她修建七座宫殿。每座宫殿都由不同材料建成。第一座宫殿是水晶的，第二座是大理石的，第三座是纯铁的，第四座是宝石的，第五座是白银的，第六座是黄金的，第七座是珠玉的。宫殿内装饰豪华，摆设着金银器皿，以及一切为帝王享用的物品。国王让他的女儿在每个宫殿内居住一年，然后再转移到另一个宫殿居住。国王的女儿名叫白都伦。白都伦公主的美丽天下闻名，各国的国王都派人前来提亲。乌尤尔国王就婚姻之事与女儿商量……

"白都伦"这个名字本身也寄寓着一种美好的情怀，在阿拉伯语中"白都伦"意为圆月，是一种美好的意象，不仅是因为圆圆的形状本身令人赏心悦目，更因为圆月的清辉给沙漠里的阿拉伯人带来夜晚的光亮和清爽，令人心旷神怡，因此，在命名和起外号的时候，阿拉伯人往往也把有着美丽的圆形脸庞的人称为"白都伦"。

与中国形象和印度形象不同,波斯形象在《一千零一夜》的叙述中则十有八九是负面的、反面的。波斯人出现在作品中常常是丑陋的、可笑的,甚至是凶恶的,而最为普遍的则是一些可以被称作套话的词汇——“拜火教徒”“伪信者”和“卡菲尔”(异教徒)等——常常被用来指称波斯人。学者孟华指出:“套话是形象的一个最小单位,它浓缩了一定时间内一个民族对异国的‘总的看法’,因此,对套话的研究往往能以小见大,引发出很有意义的结论来,它对整个社会集体想象的研究都具有参考价值。”被《一千零一夜》所广泛使用的“拜火教徒”和“异教徒”等套话的确浓缩了阿拉伯人在征服波斯以后在宗教层面上对于波斯民族的集体想象。我们看到阿拉伯人在这里是以伊斯兰教来衡量一个人、一个民族的“信仰正确性”。在当时,乃至今日,阿拉伯人都把信奉伊斯兰教的人看作是最优秀的,而把信奉其他一神教的人视为仅次于穆斯林的上等人,而对多神崇拜的人和拜物教徒则贬为愚昧之人,至于无神论者在他们眼里则简直是无可救药,丧失了死后进天堂的机会。波斯人在阿拉伯人到来之前大多信奉祆教(拜火教/锁罗亚斯德教),崇拜火和日月星辰,这是伊斯兰教所反对的。在《脚夫和三个女郎的故事》中,第一个女郎讲述了自己在一座空城的经历,尽管是空城,仍然可以看出那里曾经有过的繁华,但是由于信仰不好,被苍天降下怨怒,把所有的人和牲畜都变成黑石头,只有暗中信仰了伊斯兰教的公主得以幸免。他们之所以遭遇如此大祸,就是因为他们信仰祆教,国王、王后“和城邦里所有的人都是祆教徒，不崇拜威力无比的安拉，却崇拜火。他们发誓的时候也是指火、光、影和旋转的天体发誓”。他们不仅不听来自上天的警告，而且变本加厉，终致灭绝。对波斯人的类似描述在《一千零一夜》出现过很多次。

即便和宗教没有关系，波斯人出现在《一千零一夜》中也大都是不好的形象。在《乌木马的故事》中，波斯方士不仅形容丑陋，而且还被认为是一个善于撒谎的大骗子，以至于当王子来到关押方士的监狱时还被狱卒们嘲笑了一番。在《脚夫和三个女郎的故事》中，三个波斯流浪汉形象则显得很可笑，他们都被剃光了胡子，都瞎了一只眼。在古代阿拉伯人甚至现在的一些穆斯林看来，男人如果没有胡子那就不像男人。非男人的形象加上独眼龙的怪状，就显得很滑稽。第一个波斯流浪汉讲述自己由丢失王子的身份变成如此模样的故事，提到自己的堂兄弟变成漆黑的焦炭和一个同样像漆黑的焦炭一般的女郎躺在一起，原来这两个男女是由于伦乱才遭到如此下场，女郎其实就是流浪汉的堂妹，堂哥和堂妹互相爱恋，并且不顾父亲的阻拦，“鬼迷心窍，走火入魔”，躲进一个地下大厅，触犯了人伦大忌，结果遭到天谴，被天火焚烧而成焦炭。第二个波斯流浪汉的故事中，魔鬼变成了波斯人的模样，对美丽的姑娘极尽折磨之能事，也差点把流浪汉本人杀死。

事实与想象

我们在这里看到,同样是东方民族,但是印度、中国和波斯的形象却有着巨大的差异,甚至可以说是反差。这种形象的差异从形象学的角度来看,它体现了一种文化事实。法国学者巴柔指出:“形象因为是他者的形象,故而是一种文化事实;此外,我们说的也是文化的集体形象。它应该被当作一个客体、一个人类学实践来研究。它在象征世界中占有一席之地,且具有功能,我们在这里把这一象征世界称之为‘集体想象物’。”由于阿拉伯人对于印度、中国和波斯的集体想象不同,所以,在《一千零一夜》中所出现的作为他者印度、他者中国和他者波斯的形象自然也就存在差异。

而他者的形象作为一种“集体想象物”,受到“自我”/“注视者”一方的基本立场的支配。巴柔很详细地把注视异族文化的基本态度做了概括。第一种认为异族文化现实具有绝对的优越性,从而让异族文化凌驾于本民族文化/本土文化之上。“这种优越性全部或部分地影响到异国文化。其结果是本土文化,注视者文化被这个作家或集团视作低劣的。对应于异国文化的正面增值,就是对本土文化的贬低。”但在《一千零一夜》成书的年代,恰逢阿拉伯帝国强盛的时代,阿拉伯人不太可能用这样的眼光去注视他者文化,即便在伊斯兰教建立以后的早期扩张过程中,阿拉伯人曾惊异于被征服地区相对发达的文明生活和先进文化，但由于总体上屡战屡胜的征服者心态，多多少少削弱了他们对被征服地区文明的景仰与向往，恐怕更谈不上巴柔所说的狂热。

第二种态度可以称之为憎恶，恰恰走向了第一种态度的反面，将异族文化视为低下的，从而对其产生不屑之情，这种态度导致一种正面的增值，产生一种对本土文化的“幻象”。《一千零一夜》中波斯人的形象就是在这种憎恶态度的基础上产生的。在作为文化核心的宗教方面，阿拉伯人把波斯的拜火教等信仰统统视为愚昧的、低劣的。这种态度促使他们在描述波斯人形象的时候将其丑化、矮化甚至妖魔化。

第三种态度是友善的、交互的。异族文化进入到注视者的视野之中，被看作是正面的，与本国文化并驾齐驱、各有优点，可以相互交流、相互学习、相互借鉴。《一千零一夜》中对印度、中国基本上就是这种友善的态度。作品中所出现的中国人形象和印度人形象基本上都是正面的。

远方的大智慧

我们已经了解了阿拉伯人对于东方其他国家形象的差异源于他们对这些国家、民族的态度不同，即对于各民族的想象不同。那么，究竟是什么原因造成了这些不同的态度呢？

《一千零一夜》中对印度形象的善意态度与阿拉伯早期征服印度的经历有关。在阿拉伯人征服了波斯以后，征服印度就有了一块极为便捷的跳板。公元636—637年就曾有了远征印度的第一次军事行动,在印度西海岸进行了掠夺性的军事冒险,但由于哈里发欧麦尔对于海军没有足够的信心,下令停止这支海军进行远距离的冒险,使得这支远征军刚到达孟买附近的撒那地区便戛然而止。相隔了很长一段时间,到了公元8世纪初,由于印度信德辖下的海港城市第巴尔的海盗抢劫了装载锡兰统治者赠送给哈里发礼物的共八艘船只,惹恼了阿拉伯人,很快就由伊拉克总督哈杰只以哈里发的名义派了一支军队前往第巴尔讨伐。但此次的讨伐行动遭到大败,军队的统帅也被印度军队杀死。这实在令常胜的阿拉伯军队大失面子。公元712年,一支有计划、有预谋、有组织的阿拉伯远征军在大将穆罕默德·本·卡西姆的率领下,气势凶猛地扑向第巴尔,大胜印度军队,缴获了大量的战利品,对该城进行了惩罚性的攻占,据说凡是拒绝加入伊斯兰教的十七岁以上的男子一概处死。而后,穆罕默德·本·卡西姆继续向北推进,途中接受了海德拉巴以南地区居民的投降,但是很快遭到信德的婆罗门国王达赫尔的顽强抵抗,两军进行了一场空前激烈的决战,终以印度军队的战败结束,于是,阿拉伯人占领了国王的堡垒拉瓦尔,屠杀了约六千人,此后便势如破竹,相继占领了布拉曼纳巴德、安洛尔和谟尔坦等堡垒。尽管如此,阿拉伯人对信德的统治到9世纪末时,“在事实上已经脱离了哈里发的管辖”。

印度史家认为,阿拉伯人早期对印度的征服是从毁灭寺庙和迫害异教徒开始的,“可是征服者不久就认识到,印度教太强大了，不是暴力所能消灭的”，于是阿拉伯人转而采取灵活的政策，对印度人尽量宽大处理。伊拉克总督哈杰只在阐述这种政策时说道：“既然他们已经投降并同意向哈里发纳税，就不能再对他们有什么正当的要求了。他们已经置于我们的保护之下，无论如何，我们不能夺取他们的生命和财产。我们允许他们崇拜他们的神。不禁止任何人信仰他自己的宗教。”

可以说，阿拉伯人对印度的征服是有限的。即便是阿拉伯人对信德的征服，也只是“印度历史和伊斯兰教历史中的一个插曲，一次徒劳无功的胜利”（刘守华：《比较故事学论考》）。他们亦曾试图以信德作为征服印度的基地，派遣军队去攻打其他各地的印度王公们，但均无功而返。这种有限的征服使阿拉伯人认识到印度的强大，同时又对印度文化有了直接的接触。阿拉伯人试图让被征服的印度人接受伊斯兰教和伊斯兰文化，但是当时也只有一部分信德的居民改变了信仰，这个国家的语言、艺术、传统和习俗仍然延续如旧，相反地，阿拉伯人却从这里建立起一个接受印度文化的窗口。“印度的音乐、绘画、医学和哲学在伊斯兰容易感受的青年时代中，给了它不少教益。”（刘守华：《比较故事学论考》）中世纪印度和伊斯兰世界的交往使阿拉伯人对印度有了深层的了解。“自 12 世纪以来，大量著名的诗人、学者、苏菲派信徒和神学家一直移居印度，但在中世纪整个伊斯兰世界十分出名的印度穆斯林学者也决非少数，因此印度的许多观念对印度之外同时代的思想具有重大影响。”（A. L. 巴沙姆主编：《印度文化史》）由此，我们不难理解《一千零一夜》中对于印度形象的描述多是正面的，印度被看作是一个有着智慧的民族。

苏菲派与印度瑜伽的亲近，可能也是阿拉伯人对印度产生好感的一个重要因素。13 世纪至 15 世纪一直统治着印度民间宗教生活和伦理生活的瑜伽哲学在 11 世纪的时候就已经与伊斯兰世界的苏菲教徒有所交流，有所接触。苏菲派信众在接触了瑜伽之后，发现瑜伽派对于“终极实在”的理解与苏菲诗人们所表达的“神的同一性”思想颇为接近。一部题为《甘露壶》的诃陀瑜伽派论著曾对苏菲派知识界产生了巨大的影响，“该书曾数次被译成阿拉伯文和波斯文，把他们的冥想之功教给苏菲派信徒，并传授有关药草和化学的知识”（A. L. 巴沙姆主编：《印度文化史》）。据说苏菲派布道用书还特别说明，瑜伽派在巴巴・法里德的修道处和各城镇的契斯提修道处中，都是受欢迎的贵宾。这种良好的宗教文化的交往，使得阿拉伯人对印度的认识保持着一种好感。双方的这种宗教文化交往的时间也正好是《一千零一夜》扩充、发展的时期，必然会影响创作者对印度形象的塑造。

还有一个原因大概也是站得住脚的，即《一千零一夜》的源头来自印度。尽管大多数的学者已经取得共识，认为《一千零一夜》主要译自波斯巴列维文的《赫扎尔-艾福萨那》（意为“一千个故事”），但也有学者认为它的来源不仅限于此，而要追溯到印度去。翻译《一千零一夜》的著名译者纳训先生指出：“《一千零一夜》的原型是一本波斯故事集，叫作《赫扎尔一艾福萨那》，这本故事集可能最初来自印度，由梵文译成波斯文，再由波斯文译成阿拉伯文。"研究《一千零一夜》的专家郅溥浩先生亦认同这种说法，他在自己的专著中通过对《一千零一夜》中印度故事的早期痕迹进行分析，推断"《赫扎尔一艾福萨那》最早可能是一部印度故事集，后来加入了波斯的成分"。英国的东方学家也做过类似的推测，对阿拉伯文学颇有研究的基布认为"山鲁佐德和敦亚佐德的基本故事可以上溯到印度"。如果这种推测成立的话，那么我们不难理解，印度人自己编的故事自然会有倾向于展示自身美好的一面。而阿拉伯人后来对印度所产生的好感促使他们在讲述《一千零一夜》的过程中保留了原来故事中对印度自身美好形象的展示。

对中国友善的想象一个最重要的原因也是征服未果所带来的对中国的认识。阿拉伯人对中国也不是没有过野心，但是阿拉伯人在征服伊朗以后向东推进的远征困难很大，在与中国交界的地方停止下来。这种结果使阿拉伯人认识到中国是强大的。此外，陆上丝绸之路和海上丝绸之路使阿拉伯人了解到中国物产的丰富，经济的发达，久而久之，形成了阿拉伯人对中国印象不错的集体想象。

对中国的美好想象还得益于先知穆罕默德的圣训，曰："学问即使远在中国，亦当求之。"这句圣训虽然是先知穆罕默德要求伊斯兰教信徒必须富于求知的精神，但我们也可以解读出其中所蕴涵的信息，即中国是一个有学问的国度。显然，阿拉伯人在很久远的年代就已经对中国产生了良好的印象，这种印象通过先知穆罕默德得到了强化，影响了后来的阿拉伯人对中国的认识。从《一千零一夜》中我们可以看到这种影响的痕迹。在《赛义夫·穆鲁克和白迪娅·杰玛尔的故事》中，赛义夫·穆鲁克王子从父亲赠送的礼物包裹上看到绣着的一个美丽女子的像以后，当即迷上了这个姑娘，然而这个姑娘居住在天国巴比伦城举世无双的伊拉姆·本·阿德花园。赛义夫·穆鲁克王子非此女不娶，老国王只好多方设法，召集群臣商议，但是谁也不知道如何能够找到这美丽的女子，只有一个大臣向国王献策："伟大的陛下，要知道这个地方在哪里，不妨去中国，那是一个很大的国家，也许有人会知道。"这话简直就是对先知圣训的一个极佳的注释，是对先知圣训的实践。

行省的异教徒

追溯阿拉伯人对中国和印度美好印象的原因，除了上述所说的征服未果的因素以外，还有两个方面值得注意，一是从古代政治和外交的原则出发，一般都会采取远交近攻的策略，相对于波斯来说，中国和印度当然要远得多，自然也就是要"交"的对象，而"交"的基础和前提条件是友好的态度，所以，从一开始阿拉伯人就已经预设了友谊的中国，或许还有友谊的印度。二是从美学的原则出发，一般认为"距离产生美感"，"美，最广义的审美价值，没有距离的间隔就不可能成立"（杨辛、甘霖著：《美学原理新编》）。远隔万水千山的中国和印度由于距离的拉开而产生了一种朦胧的美。而波斯人不幸就在阿拉伯人的近侧，一目了然，有什么缺点也因为距离的靠近而被放大。

当然，对波斯印象的不好最重要的原因恐怕还是因为阿拉伯人的征服。“阿拉伯人入侵伊朗及其在伊朗的统治，是伊朗历史上影响深远的重大事件。”（张鸿年：《波斯文学史》）公元637 年，阿拉伯大军攻陷波斯人的首都泰西封，萨珊王朝的末代国王向东逃逸，于 651 年在木鹿附近被杀，宣告了萨珊王朝的灭亡。从此以后，波斯丧失了作为一个独立大国的地位，沦为阿拉伯帝国的一个行省。阿拉伯人在波斯以征服者和占领者的姿态出现，高高在上，不可一世。据记载，一个骑马的波斯人如果迎头碰上一个步行的阿拉伯人，他必须立刻下马，把坐骑让给阿拉伯人。波斯人在当时的社会地位之低下由此可知。试想在这样的情况下，阿拉伯人对被征服的波斯人能有一个好的印象吗？

伴随着军事征服，更厉害的是宗教的和思想意识的征服。很多的波斯人被强迫放弃原来的宗教信仰，而改奉伊斯兰教，否则，要么被杀头，要么缴纳人头税，除此以外，别无选择。在这种政策的诱导和胁迫下，波斯人逐渐改变了自己的信仰。“在思想意识方面，伊朗人的宗教信仰发生了深刻的变化，越来越多的人由信奉锁罗亚斯德教转而信仰伊斯兰教。一个民族宗教信仰的改变乃是这一民族人民心灵深处的变化。这一变化一方面必然经过曲折困难的过程，另一方面也必然给以后世代社会、经济、政治及文化带来深远的影响。”（张鸿年：《波斯文学史》）这使得波斯民族整体上越发受到阿拉伯人的蔑视。阿拉伯人首先认为波斯以锁罗亚斯德教为主的宗教信仰是与伊斯兰教背道而驰的，他们对火的崇拜而不是对真主的崇拜是难以容忍的，因此，要想方设法迫使波斯人改信伊斯兰教。而当波斯人因为各种原因放弃了自己原先的宗教信仰以后，又从人格上被阿拉伯人瞧不起。

阿拔斯朝建立初期，有很多波斯人在阿拔斯政府担任各种职务，有的甚至位高权重，严重威胁到哈里发的地位，如伯尔麦克家族，几乎成了哈里发的“太上皇”，但终于还是被哈里发哈伦·拉希德借机收拾了。波斯人在政治上彻底丧失了地位。在文化上，在阿拔斯朝时期曾一度兴起了“舒欧比”思潮，极力抬高波斯的文化地位，颂扬波斯的文化成就，同时大力贬低阿拉伯的智慧和阿拉伯文化，但是这时的阿拉伯人具有强大的同化能力，从被征服的各个民族学习了很多东西，使得阿拔斯朝文化成为一种以伊斯兰文化为核心的包含了各个民族的国际性文化，从而压制了波斯人的文化优越感。而这个时期也正是《一千零一夜》在阿拉伯开始热起来的时候。我们看到《一千零一夜》中很多有关巴格达城市和哈里发哈伦·拉希德的故事就是在这个时代的背景下产生的。

如此，我们不难理解阿拉伯人对于波斯这个“他者”民族的集体想象是负面的而少有正面的。

总的看来,《一千零一夜》中所塑造的东方形象是他者的形象。他者中国、他者印度和他者波斯的形象之间存在着巨大的差异。这种差异是由于阿拉伯人对异族的中国、印度和波斯不同的想象和不同的文化态度。他们在长期的过程中对各个东方国家的了解与交往决定了他们对中国和印度的善意与友情,也决定了他们对波斯居高临下的姿态。

Ⅲ　阿拉伯李白的诗酒风流

——读艾布·努瓦斯

公元762年，李白逝世的那一年，阿拉伯阿拔斯朝的一位盛世诗人诞生了。他就是著名的酒诗人艾布·努瓦斯。诗人李白的一生几乎是和盛唐时代相始终的，而艾布·努瓦斯所经历的哈里发哈伦·拉希德时代也是阿拉伯历史上最辉煌、最强盛的时代。作为盛世的著名诗人，艾布·努瓦斯和李白的诗歌创作有着许多相似的地方。本文拟着重探讨两人的咏酒诗，分析他们的此类诗作所赖以产生的文化背景及其所呈现出的文化意义。

提到李白，人们首先想到的是“酒仙”或“诗仙”的雅号，以及关于他“醉答番书”、酒酣捞月坠江的传说。他那“一日须倾三百杯”的豪气和“斗酒诗百篇”的才气给人们留下深刻的印象。酒与诗在他的身上融为一体，他的笔端涌出了大量令人惊叹不已的咏酒诗篇。艾布·努瓦斯像李白一样，自幼即显露非凡的诗歌才华。据传，曾有一个漂亮的小女孩扔给小艾布·努瓦斯一个咬过的苹果，他当即吟道："这咬过的地方不是瑕疵，那是欲得亲吻的请求。"小艾布·努瓦斯这番天才的表现令路人为之侧目。后来，他果然在诗歌的革新方面取得了巨大的成就，在反映社会现实尤其是阿拔斯社会新的奢靡生活和新的文明气象方面堪称典范。但他最著名的、最为引人瞩目的诗作还在于他的咏酒诗。

艾布·努瓦斯的时代饮酒成风，几乎形成一场运动。而"这一运动的首领，它的首屈一指的诗人和空前绝后的酒诗之王，便是艾布·努瓦斯"(汉纳·法胡里:《阿拉伯文学史》)。在艾布·努瓦斯之前，也有不少阿拉伯诗人的创作涉及饮酒，但从未有人把颂酒作为诗歌的一个专门题材。正是艾布·努瓦斯才使得咏酒诗成为阿拉伯语诗歌的一个独立的题材。他那些大量吟咏酒的诗篇，不论在质上还是量上都无人堪与相匹，使他成为阿拉伯咏酒诗的大师。他不断地创作咏酒诗，似乎"他生来就是为了咏酒而存在的"(邵基·戴夫:《阿拉伯文学史·阿拔斯朝前朝》)。他的咏酒诗是如此著名，以至于"如果一首稀奇的咏酒诗传诵开来，人们总把它归于艾布·努瓦斯"(艾布·法拉吉·伊斯法哈尼:《诗歌集成》)。由此可见他在阿拉伯咏酒诗方面的地位有多高。我们仔细考察艾布·努瓦斯和李白的咏酒诗，可以发现其中有许多相似的东西:对酒的迷恋与痴狂，及时行乐的思想，无拘无束的自由精神和对自然的崇尚等。

人生就是酒醉一场又一场

李白对酒的嗜好达到了“百年三万六千日，一日须倾三百杯”(《襄阳歌》)的程度。有时“两人对酌山花开，一杯一杯复一杯”(《山中与幽人对酌》)，没有人陪着的时候则“花间一壶酒，独酌无相亲”(《月下独酌·其一》)。对酒渴盼得厉害的时候，连看着江水都令他想起美酒，“遥看汉水鸭头绿，恰似葡萄初酦醅。此江若变作春酒，垒曲便筑糟丘台”(《襄阳歌》)。为了买酒喝，甚至把许多贵重的东西都拿去典当，“五花马，千金裘，呼儿将出换美酒”(《将进酒》)，特别是碰到知心朋友时更是如此，为了“共语一执手”，不惜“解我紫绮裘，且换金陵酒”(《金陵江上遇蓬池隐者》)。他在长安紫极宫见到贺知章时，因贺呼之曰“谪仙人”而大为感动，“因解金龟，换酒为乐”(《对酒忆贺监·并序》)，传为美谈。

艾布·努瓦斯对酒的痴狂丝毫不下于李白。他对酒如此酷爱，以至于酒仿佛成了他生命中不可或缺的部分，似乎有了酒，生命才具有意义。他在诗中吟道:“家中有了酒，好似黑暗之中曙光露;夜晚走路有了酒，如同有了路标乐心头。”(《酒》)他描写酒和一切与酒有关的东西，笔下常出现酒徒、酒友、酒保和伴酒歌女的形象，描写人们放纵作乐的酒肆、酿酒的葡萄和制酒的程序，描述了酒的颜色、酒的气味和酒的品种，甚至连盛酒的容器如酒杯、酒坛、酒桶和酒窖等都成为其诗歌创作的题材。在艾布·努瓦斯眼里，不论什么种类的酒，都是好东西。“坛中的美酒仿佛是雨中的太阳，像葡萄的泪水，像天堂的佳酿”“像阴雨清晨苦艾的气息”。(《坛中的美酒》)他的整个身心都被酒所占据。酒是他的另一个灵魂，是他的一切希望所在。他甚至担心死后没有酒喝，而提出这样的请求：“一旦我死了，把我埋在葡萄树下，让葡萄的汁液把我的骨头浸泡。”(《一旦我死了》)

在对酒的描摹方面，艾布·努瓦斯和李白都曾突出地描摹了酒的颜色。李白的笔下“白酒新熟”(《南陵别儿童入京》)，“金樽渌酒生微波”(《前有一樽酒行·其一》)，“鲁酒若琥珀，汶鱼紫锦鳞”(《酬中都小吏携斗酒双鱼于逆旅见赠》)等给我们留下了深刻的印象。而艾布·努瓦斯笔下酒的颜色则呈现出另一番动人的景象。那红色的酒就像葡萄的血汁，像红宝石、红玛瑙、红苏木，而那黄色的酒，就像番红花、姜黄，甚至简直就是黄金：“那是黄金溶化在杯中，像大海里鲸眼在翻动。”他还把杯中的酒比作明亮的灯光、闪烁的星星和火红的太阳：“侍者把灯点燃，又将金杯斟满；顷刻间堂内光闪烁，犹如双灯放亮吐红焰。一阵疑惑起心头，虽然明知还欲问：‘是酒发出火样光，还是火像酒在燃？’”

艾布·努瓦斯像久旱渴望甘霖那样渴念着酒。杯中的美酒时常在喝到酣畅之时幻化成鲜艳欲滴的“红玫瑰”或光辉熠熠的“红宝石”，甚至幻化成“窈窕淑女”，酒与色交融化一，致使诗人达到“两醉”的境界。在《我两醉》一诗中，诗人吟道：“勿为莱伊拉哭，勿为杏德悲，手中酒红如玫瑰，且为玫瑰干一杯！一杯美酒喉中倾，两眼双颊红霞飞。酒如红宝石，杯似珍珠美，面前窈窕一淑女，尽握在手里。手中倾酒眼倾酒，能不令人醉复醉。同座一醉我两醉，谁人能解此中味！”

这种“同座一醉我两醉”的境界与李白《月下独酌》的意境虽不尽相同，却有异曲同工之妙。李白在喝到酣畅之时“举杯邀明月，对影成三人”“我歌月徘徊，我舞影零乱”。喝着喝着，天上的月亮和身边自己的影子幻变成酒友，纵酒同乐，欢歌载舞，“但得醉中意，勿为醒者传”，那种醉酒的乐趣简直妙不可言。最“能解此中味”“得醉中意”的恐怕真的要数艾布·努瓦斯与李白这样的酒诗人。

两位诗人对于酒的酷爱与痴恋，有个人的原因，也有社会的背景。从社会因素看，唐朝和阿拔斯朝都是繁荣昌盛的时代，经济发达，百姓富足殷实。在物质文明达到相当的程度以后，人们必然对文化生活提出更高的要求，需要丰富多彩的精神生活。也许像中国俗话所说的，“饱暖思淫欲”。“饱”的愿望满足以后，便激起了人们的包括“性欲”在内的其他各种欲望。许多人有了钱，都要去寻欢作乐。而寻欢作乐又常常离不开酒。在李白的时代，“是时海内富实……道路列肆，具酒食以待行人”(《新唐书·食货志》)。不仅宫廷皇室和达官贵人日夕纵酒寻欢，普通百姓也常饮酒消遣。艾布·努瓦斯生活于阿拔斯朝极盛时期，“农业、工业、商业和运输业都很发达，帝国经济相当繁荣”(郭应德:《阿拉伯史纲》)。奢靡的游乐生活成了阿拔斯朝新文明的重要组成部分。而“饮酒成了阿拔斯新文明的奢靡生活中的一个突出现象，其习惯遍及伊斯兰各地区”（汉纳·法胡里《阿拉伯文学史》）。尽管伊斯兰教禁止饮酒，但并不禁止非穆斯林饮酒，于是大大小小各修道院成了饮酒的好地方。在城市近郊和商旅过客往来的路上，一个个酒肆也应运而生，受到许多人（巡警和保守人士除外）的欢迎。

从个人的动因看，李白恋酒是与他壮志不酬有极大关系的。在青少年时期，李白学习的范围相当广泛。“五岁诵六甲，十岁观百家”（《上安州裴长史书》），“十五观奇书”（《赠张相镐》）、“十五好剑术”《与韩荆州书》）、“十五游神仙”（《感兴·其五》），接触过多方面的思想和知识。在蜀中时，李白曾和大谈王霸之术的越蕤交游，深受其政治思想影响。因此李白自幼就有建功立业的抱负，极愿“申管晏之谈，谋帝王之术，奋起智能，愿为辅弼，使寰区大定，海县清一”（《代寿山答孟少府移文书》）。他常以管仲、乐毅、张良、诸葛亮、谢安等自比，声称：“苟无济代心，独善亦何益！”（《赠韦秘书子春》）但是现实无情地粉碎了他的梦想。他供奉翰林没多久，就身受谗言，被迫离开长安。遭受挫折后，李白心情非常苦闷，只好“浪迹天下，以诗酒自适”。尽管“举杯消愁愁更愁”（《宣州谢朓楼饯别校书叔云》），还是要“烹羊宰牛且为乐，会须一饮三百杯”“但愿长醉不复醒”“与尔同销万古愁“（《将进酒》）。

艾布·努瓦斯没有李白那样的雄心壮志；也没有他之后的穆太奈比那样野心勃勃，但他像许多人一样，有着对富贵闻达的向往与憧憬，尤其是幼时出身贫寒，生活穷困，更促使他努力摆脱困窘，欲求出人头地，过上享乐生活。艾布·努瓦斯的父亲是个波斯籍的释奴，在诗人不到六岁时即撒手归天，抛下孤儿寡母，艰难度日。寡居的母亲为生活所迫，只好把年纪尚小的艾布·努瓦斯送到别人那里去做工挣钱。后来艾布·努瓦斯经过一番奋斗，虽然获宠于宫廷，这中间早已历尽千辛万苦。一旦来到君王身边，又感到伴君如伴虎，不知哪天醒来便有灾祸降临，一切既得的好处被褫夺干净，荡然无存，变得一无所有。他曾是哈里发哈伦·拉希德的酒友和座上宾。但只因他写诗赞颂过哈里发的下属哈绥布，令哈里发感到不快，以他纵酒为借口下入狱中。直到哈伦·拉希德死后，艾布·努瓦斯才被继任的哈里发释放出来。而这位新任的哈里发虽从青年时代起就是艾布·努瓦斯的朋友，但是诗人在其手下仍然避免不了再度身陷囹圄的命运，罪名仍然是纵酒作乐、违反教规。两度囚禁狱中的经历，使诗人更加觉得命运无常，生命不可把握，甚至于得到一种"在清醒时我总是失意潦倒，醉如烂泥才走鸿运发大财"的感觉(《人生就是酒醉一场又一场》)。既然如此，何不"举杯畅饮，从夜晚到明天"(《我随心所欲……》)！酒成了他医治创伤、消除烦恼的良药。"艾布·努瓦斯和他的一些同伴在用杯中物寻欢作乐这一点上汇合了"(汉纳·法胡里:《阿拉伯文学史》)，他几乎不放过任何一次饮酒机会。他们常在大半夜躲开巡警的耳目，跑到巴格达近郊的酒肆中，或到花园的葡萄架下，空旷草地上，或在某个同伴的家里，开怀畅饮，寻欢作乐，在这些地方待上一天、两天，甚至整整一个月。

人生得意须尽欢

曲折的人生经历使两位诗人产生了及时行乐的思想，在酒的世界里寻欢作乐，消磨时光，抛却烦恼，潇洒人生。与此同时，及时行乐的思想反过来使诗人更加沉湎于酒色之中。艾布·努瓦斯对自己的经历有着深刻的记忆。过去的岁月里，为生存而奔波不息，循规蹈矩，却没有得到应有的酬报，没有改善生活的希望；如今声色犬马，放荡不羁，终日沉醉不醒，但只要能为王公贵族歌功颂德，讨得统治者的欢心，便可以整日出入楼堂馆所、歌台舞榭，食山珍海味、饮美酒佳酿、寻伶俐歌女、伴美貌舞伎："我觉得最大的乐趣是夜晚，裸体舞女伴着管弦。一旦下榻于济·图鲁赫，歌女放喉，曲由我点。享乐吧！青春不会永存，举杯畅饮。从夜晚到明天！"(《我随心所欲……》)在他看来，"人生就是酒醉一场又一场，唯有长醉岁月才逍遥自在"(《人生就是酒醉一场又一场》)。对于今世与来世的欢乐他有自己独特的见解："我认为在世及时行乐，活得舒服，有滋有味，比期待臆想、传说的来世更加值得，更有道理：从未有人走来告诉我们，谁死在天堂，谁又在地狱里……"因此，他极力鼓吹享乐主义："纵欲放情乐开怀，猥词俚语信口来。夜半更深乐不尽，歌美弦妙佳绝音。何时想听歌女唱，何时帐篷夜栖身。及时行乐春难久，朝朝暮暮醉醺醺。"

李白的及时行乐思想除了掺和有个人经历的因素以外，还有传统文人感叹人生苦短、青春易逝的影响在内。把酒望月时，他悟到“古人今人若流水，共看明月皆如此”。所以“唯愿当歌对酒时，月光长照金樽里”（《把酒问月》）。雪夜独酌，“怀余对酒夜霜白，玉床金井冰峥嵘。人生飘忽百年内，且须酣畅万古情”（《答王十二寒夜独酌有怀》）。他常觉得“处世若大梦”，一切如过眼烟云，真不明白“胡为劳其生”？正是想到这些，“所以终日醉，颓然卧前楹”（《春日醉起言志》。看到世人或贫或富，或贱或贵都难免一死，不由感叹：“天虽长，地虽久，金玉满堂应不守。富贵百年能几何，死生一度人皆有。孤猿坐啼坟上月，且须一尽杯中酒。”（《悲歌行》）既然荣华富贵乃身外之物，生不带来，死不带去，何不及时享乐，酣畅淋漓地消遣现世人生。他不仅自己这样做，还以自己的体悟告示世人：“君不见，黄河之水天上来，奔流到海不复回！君不见，高堂明镜悲白发，朝如青丝暮成雪！人生得意须尽欢，莫使金樽空对月。”（《将进酒》）

进地狱且让我来

如果说李白和艾布·努瓦斯咏酒诗中所体现出的人生如梦、及时行乐的思想是消极遁世的话，那么他们诗中所追求的自由精神在一定程度上却是难能可贵的。

李白的自由精神有时候表现在他敢于蔑视封建秩序，敢于打破传统偶像。我们从他的诗中可以看到，他轻尧舜，笑孔丘，平交诸侯，长揖万乘，不受世俗观念的束缚。酒至酣处，不管是人，是神，还是仙，他都敢调侃一番："酒中乐酣宵向分，举觞酹尧尧可闻？""高阳小饮真琐琐，山公酩酊何如我？"(《鲁郡尧祠送窦明府薄华还西京》)他的自由精神又表现在对不受拘束的田园生活的向往："白酒新熟山中归，黄鸡啄黍秋正肥。呼童烹鸡酌白酒，儿女嬉笑牵人衣。"(《南陵别儿童入京》)"我携一樽酒，独上江祖石。自从天地开，更长几千尺。举杯向天笑，天回日西照。永愿坐此石，长垂严陵钓。"(《独酌清溪江石上寄权昭夷》)那一份抛却世事的怡然自在，真令人羡慕不已。李白的自由精神有时候还表现在对神仙世界的憧憬："长风吹月渡海来，遥劝仙人一杯酒。"(《鲁郡尧祠送窦明府薄华还西京》)"九重出入生光辉，东来蓬莱复西归。玉浆倘惠故人饮，骑二茅龙上天飞。"(《西岳云台歌送丹丘子》)

在那绝尘弃俗的世界里，上天入地，率性由真，自由自在，无拘无束，是何等快活！但诗人毕竟生活在现实世界里，绝对的自由是不存在的。尽管如此，他还是觉得如果"人生在世不称意"，不如"明朝散发弄扁舟"，去过那种"长风万里送秋雁，对此可以酣高楼"(《宣州谢朓楼饯别校书叔云》)的自由自在的生活。杜甫的《饮中八仙歌》非常贴切地道出李白豪放不羁、热爱自由的性格："李白斗酒诗百篇，长安市上酒家眠。天子呼来不上船，自称臣是酒中仙。"不止杜甫深知李白的这一禀性，许多唐人亦对李白的自由精神赞颂不已。殷璠说他："志不拘检，常林栖十数载。故其为文章,率皆纵逸。”范传正则说他:“脱屣轩冕,释羁缰锁,因肆情性,大放宇宙间。”《开元天宝遗事》亦记载:李白饮酒,不拘小节,但醉出文章,不失谬误,与人辩,有问必答,皆呼为酒圣。

艾布·努瓦斯亦天性酷爱自由,既不顾忌自己的言论,也不顾忌自己的行为。他时而嘲讽有财有势者,时而抨击阿拉伯部落,时而揶揄阿拉伯游牧民的思想方法,时而讥笑他们鄙俗、枯燥的生活。他向往的是丰富多彩的、不受束缚的自由的新生活。他在诗中吟道:“寻欢作乐难免放荡不羁,循规蹈矩岂能得到欢快。”(《人生就是酒醉一场又一场》)有时他所臆想的甚至是一种不受任何拘束的绝对的自由:“不必唠叨,不必责备!我就是随心所欲,不肯循规蹈矩。”“我随心所欲,不受羁绊,岂管人们蜚语流言。”(《我随心所欲……》)

艾布·努瓦斯作为阿拔斯朝繁华时代的伟大诗人,就像李白出现在“盛唐的诗国”里,“绝不是一个偶然的孤立的现象”(王士菁:《唐代诗歌》),而是时代特有的背景造就的。尤其是他们对自由的热爱与追求,更是与时代的脉搏相一致的。

如前所述,李白和艾布·努瓦斯文学创作最旺盛的时期,各自适逢唐朝开元盛世和阿拔斯朝哈伦·拉希德的辉煌时代。他们所处的社会不仅经济繁荣,而且文化发达,内、外文化交流都极为频繁。唐朝不再“独尊儒术”,而是儒道兼兴,外来的佛教也逐渐发展,另有伊斯兰教、袄教、景教和摩尼教等宗教从境外传入,亦曾不同程度地产生了影响。在阿拔斯朝,虽然文化的内容不尽相同,但文化融合的趋势却是相似的。伊斯兰教建立以后,阿拉伯人从四大哈里发时代始一直致力于开疆拓土,到阿拔斯朝时期版图扩展到最大,地跨亚、非、欧三洲。在扩张的过程中,必然要接触被征服地区的文化,并对其中的某些成分加以吸收利用,于是形成了以阿拉伯固有文化为主体的,兼收波斯、印度、希腊-罗马文化的具有"混血"性质的阿拉伯-伊斯兰文化集合体。犹太教、基督教甚至于景教、祆教、萨比教、摩尼教和拜星教等宗教都在这个多极文化体系中起过不同程度的作用。被正统穆斯林视为"异教徒"的被征服者或心甘情愿,或被迫无奈改奉了伊斯兰教,但他们内心深处对于原先所属宗教的思想与信仰不可能一下子抹掉,仍然对他们的思想与行为方式产生一定的影响,从而促成了一种宽松的文化思维氛围,导致了一种无拘无束的自由精神的盛行。文化的自由特别是思想自由"对盛唐诗人在心理上和气质上所造成的影响,给诗歌创作带来的活力,的确是不可低估的"(袁行霈:《中国诗歌艺术研究》),这一点对于艾布·努瓦斯和其他的阿拉伯诗人也一样。来自各地的新观点、新主张和对宗教的各式各样的个人解释促成了以前所不能容许的思想自由,为天性酷爱自由的艾布·努瓦斯提供了一个适宜的环境。"他的咏酒诗清楚地证明了他曾驻足于祆教、犹太教和基督教的宗教仪式,仔细考察其信仰。"(邵基·戴夫:《阿拉伯诗歌的艺术与流派》)事实上,正是对这些宗教的思考所形成的自由思想之精神,为他创作咏酒诗提供了先决条件。

进一步考察这两位诗人可以发现，他们的自由精神与宗教的关系非同一般。但不同的是，李白的自由精神表现了某种程度上与道教思想的契合和对它的接受，而艾布·努瓦斯则恰恰表现了对伊斯兰教教规的反叛。“他的酗酒接近的不是纯洁与柔顺，而是放荡与喧嚣，包含了对阿拉伯传统和宗教传统的反叛。”（乔治·格里布：《阿拔斯朝时期诗歌典范剖析》）他的沉湎酒色，还有他的极端自由化、支持同性恋等思想都是与伊斯兰教精神格格不入的。尤其让宗教人士难以忍受的是，他在纵酒寻欢时，还常吟诵一些骚情诗，描写当时一种为保守人士所不齿的“时尚”——同性恋。那时候常有一些艳服风雅的少年，虽身为男子，却故作女人气；而另外有一些女侍却反其道而行之，改头换面，身着男子服饰，行为举止皆模仿男子，常公开参加各种文学、音乐活动，有时还作出放荡的举动。艾布·努瓦斯对阿拔斯朝社会生活中的这种新现象表现出很大的兴趣，在诗歌中加以描绘，写这些人的外貌体态、行为言谈，甚至还描写自己与他（她）们的调情。他曾在一首诗中描写娈童：“脸如十五的月亮，眼似旷野的羚羊，明明是个小伙子，娇媚却似位姑娘……”他的这类诗作使他获得“创立男子同性恋诗歌的第一位阿拉伯诗人和著名高手”的称誉，却也因此遭到同代和后代人不少的攻击。因为在《古兰经》中，这是一种受谴责甚至应该受惩罚的可耻的行为。

同样地，饮酒也是被伊斯兰教明令禁止的：“饮酒、赌博、拜像、求签，只是一种秽行，只是恶魔的行为，故当远离，以便你们成功。恶魔惟愿你们因饮酒和赌博而互相仇恨，并且阻止你们记念真主，和谨守拜功。你们将戒除饮酒和赌博吗？”在《古兰经》中多次提到禁酒的问题。但在阿拔斯朝由于思想自由和外来思想的冲击，引发了一连串关于饮酒合法性的论争：酒的含义是什么？仅仅是指葡萄汁，还是指色酒，抑或指的是一切醉人的东西？禁酒的限量又是多少？……教法学家们也卷入了这场争论，各种持不同意见者吵得不可开交。一些生性活跃的文学家和诗人于是拿教法学家们关于酒的争论做起文字游戏：“两禁地的人允许唱歌，但禁止饮酒，伊拉克人允许饮酒，但禁止唱歌。在他们达成一致意见之前，我们可以利用双方开出的许可证。”而艾布·努瓦斯则更干脆，他根本就不屑采用这样的伎俩。他承认对酒的禁忌，同时又明目张胆、肆无忌惮地开怀畅饮。“是酒就说明白，让我豪饮开怀！别让我偷偷地喝，如果能公开。”（《人生就是酒醉一场又一场》）明知公开酗酒是要担上违犯教规的罪名，但为了痛快开怀，活得自在，便什么也不管不顾了，哪怕死后进地狱，也要喝个痛快：“如果有地方能让我喝个痛快，斋月里。我都不会等到开斋。酒这东西喝起来可真是怪，纵然担罪名，也要豪饮开怀！啊，对美酒佳酿说三道四的人，你进天堂！进地狱，且让我来！”（《进地狱，且让我来！》）

艾布·努瓦斯虽然也改信了伊斯兰教，但他对那些不因陈袭旧、墨守成规的自由思想更感兴趣。他相信当时一个宗教派别关于真主宽恕的观点，认为只要信仰真主及其宗教，读真主的经书就可以得到宽恕。他在诗中写道：“酒袋摆一边，经书共一起。美酒饮三杯，经文读几句。读经是善举，饮酒是劣迹。真主若宽恕，好坏两相抵。”（《好坏两相抵》）他承认真主的存在，也读了真主的经书，那么，即使再纵情声色、放荡不羁，犯再大的过错也可以得到真主的宽恕，从而获得良心上的解脱。这样，还有什么可以束缚他的自由行为呢？

有趣的是，李白在他的咏酒诗中也触及到饮酒正当性的问题。在《月下独酌·其二》中，诗人似乎对饮酒的正当性作强词夺理的雄辩，事实上却像艾布·努瓦斯的《好坏两相抵》一样对此问题作了一番调侃。李白诗中那大智若愚的诙谐和故作滑稽的幽默令人读后为之捧腹。他说：“天若不爱酒，酒星不在天。地若不爱酒，地应无酒泉。”天上既然有星座称为“酒星”，说明天很喜欢酒；地上有泉水名叫“酒泉”，说明地也喜欢酒。“天地既爱酒，爱酒不愧天。”正因为天和地都很喜欢酒，我们作为凡夫俗子好酒、饮酒不仅无可指责，而且还是心中无愧于天地的表现。

李白之所以提出饮酒正当性的问题，是因为唐朝以前也曾经禁过酒，喝酒被视为不合法的行为。东汉末期曹操曾强行颁布禁酒令，通告天下务必照此遵行，致使人们不敢公开喝酒，连酒的名称也改用暗语称呼。像阿拔斯朝时期的酒徒们把酒含混地称为“饮料”，把色酒称为“葡萄汁”或“椰枣汁”一样，那时的中国人把清酒叫作“圣人”，而把浊酒称为“贤人”。李白在诗中半认真半开玩笑地引出这些字眼，说道：“已闻清比圣，复道浊如贤。圣贤既已饮，何必求神仙。”我们由此看到李白与艾布・努瓦斯这两位盛世诗人和酒的关系是多么相似!

且放白鹿青崖间

他们两人之间的相似还体现在他们对自然的崇尚。在这方面,阿拉伯的一位评论家汉纳・法胡里对艾布・努瓦斯作了精辟的论述,说艾布・努瓦斯“像多数醉生梦死之徒一样是个现实主义者,推崇自然界,即使自然界中有着缺陷和极端的倾向,即使它蒙上耻辱,他也从不规避。即使是对那些丑恶的东西,他也不愿意躲躲闪闪,而喜欢开诚布公。他不愿给自然界蒙上面纱,不愿遮遮掩掩地倾吐他对自然界的热爱和需求,其所以如此,是因为他一生过着普遍的自由生活,没有居过高位,不会做作和掩饰”。他厌恶弄虚作假、矫揉造作的行为,大声疾呼:“快抛弃掩饰和虚伪,那是可憎恶的行为。”看到某些人内心里极想饮酒作乐,却又不敢让人知道,表面上人云亦云地反对喝酒,暗地里却偷偷摸摸地喝个不亦乐乎,艾布・努瓦斯感到不能忍受。他在诗中吟道:“公开大胆地说出我之所爱!欢乐幸福怎好遮遮盖盖。”(《人生就是酒醉一场又一场》)也许正是因为清醒时的越轨行为容易招致他人的诘难与谴责。艾布・努瓦斯干脆一头扎进酒肆,喝他个酩酊大醉,返璞归真,进入一种自自然然的状态,自由自在,无拘无束,嬉笑怒骂,尽情玩乐。因此在他那里“整日都是高朋满座,饮酒作乐。觥筹交错”(《整日都是高朋满座》)。

对于李白来说，这种对自然的热爱与向往，很突出地体现了与道教精神的契合，李白曾经当过道士，与许多道士都有所交往，这使他对道教的精神有十分深刻的了解，他当然还读过老子、庄子的著作。对道家的理论与思想有充分的把握，老庄以自然为至高之境给他留下了深刻的印象。老子说："人法地，地法天，天法道，道法自然。"庄子也说："汝游心于淡，合气于漠，顺物自然，而无容私焉，而天下治矣。"李白对道家的这种精神显然是颇为赞赏的。我们从李白的咏酒诗中看到的是他常常描写充满大自然气息的田园生活和仙神世界。如："觉来眄庭前，一鸟花间鸣。借问此何时，春风语流莺。感之欲叹息，对酒还自倾。浩歌待明月，曲尽已忘情。"(《春日醉起言志》)"长风吹月渡海来，遥劝仙人一杯酒。"(《鲁郡尧祠送窦明府薄华还西京》)"美酒樽中置千斛，载妓随波任去留。仙人有待乘黄鹤，海客无心随白鸥。"(《江上吟》)这些诗句无不流露出他对返璞归真生活和神仙世界的向往。而酒在这中间起到了十分重要的中介作用。李白认为"三杯通大道，一斗合自然"(《月下独酌·其二》)。喝得差不多了，就可以与自然融为一体："春风与醉客，今日乃相宜。"(《待酒不至》)还能"高歌取醉欲自慰，起舞落日争光辉"(《南陵别儿童入京》)。在酒的作用下，他甚至可以请来明月，划去君山，赊来洞庭湖的月色，可以舞袖一拂遍及五松山……在这样的时候，诗人在大自然面前已不再是一个顶礼膜拜者，而俨然以主人的姿态出现，仿佛万象俱有宾客，听从他的意志安排。

与道教精神的契合，是李白自愿接近、接触和接受道教的结果。而艾布·努瓦斯对伊斯兰教的反叛，是因为他从一开始就对这种宗教抱有怀疑态度，同时也反映了伊斯兰教在阿拔斯朝时期同其他非主流宗教的矛盾与冲突。之所以如此，具有其特定的文化背景和历史原因，限于篇幅，不赘述。

Ⅳ　奴性、人性与神性

——读纪伯伦

纪伯伦作为阿拉伯文学旅美派的代表诗人和作家，被称为“旅美文学家们的头号领袖”，成了旅美文学的旗手和灵魂。原因不仅在于他创建了著名的旅美文学团体“笔会”，更重要的在于他所取得的文学创作成就，在于他的作品所散发的惊人魅力、广泛而深远的影响力。

纪伯伦在诗歌、散文和小说方面均有所建树。他那不落窠臼、独具一格的“纪伯伦体”（或称“纪伯伦风格”）“在本世纪上半叶作为一种提法一再地为人们所提到”（伊萨·纳欧里：《旅美文学》），犹如一块石头投进平静的湖面，荡起一圈圈涟漪。尤其是他的散文诗的造诣达到了炉火纯青，其成就不仅在当时的旅美文学界任何作家都难以企及，就是在整个阿拉伯文坛，至今为止也很少有人可与之相媲美。他用英文创作的代表作散文诗集《先知》则不仅在旅美文学界，在整个阿拉伯本土文学界都有着巨大的影响，甚至可以说轰动了世界，在世界文学之中占有一席很重要的地位。据统计，迄今为止，《先知》已被译成了五十六种文字，其发行量已逾七百万册。

阿拉伯文和英文是纪伯伦都能娴熟地用以创作的两种语言。虽英年早逝，他却用这两种语言作为思想的载体，给阿拉伯人民和世界人民留下了丰厚的遗产。他用阿拉伯文创作的作品主要有短篇小说集《草原新娘》和《叛逆的灵魂》，中篇小说《折断的翅膀》，散文诗集《泪与笑》和《暴风雨》，诗集《心声录》，长诗《行列歌》等。他还用英文创作了散文诗集《狂人》《先驱》《先知》《人子耶稣》《大地的神祇》《彷徨者》《先知园》，箴言集《沙与沫》等。

拒绝他的教唆，烧毁他的著作吧

在早期的创作，特别是纪伯伦小说中这种爱的观念体现在他对于祖国和人民悲惨处境的忧虑，体现在对下层穷苦百姓的同情上。他对造成人们困苦处境的陈规陋习和专制暴虐深恶痛绝，表现出了强烈的反叛情绪。其叛逆之精神是如此的富于摧毁力量，以至于在一般人眼里几乎近于疯狂，有些人则干脆把他当成疯子，上层社会由于既得利益有因此而受到冲击的危险而视之为眼中钉、肉中刺。

1. “叛逆的灵魂”

纪伯伦是一位受到人们赞誉不绝的诗人、作家，但是当时对于他的攻讦也丝毫不比对他的称赞逊色。且听听那些当权者、教会人物和保守人士是如何评价纪伯伦的：

> 他是一个亵渎神明、背叛宗教的无政府主义者，我们奉劝吉祥山上的居民拒绝他的教唆，烧毁他的著作，以便让我们的心灵免受其中某些内容的毒害。

> 假如已婚和未婚男女听信了纪伯伦在婚姻问题上的主张，那么家庭的支柱就要倒掉，人类联盟的大厦就要倒坍，世界将变成地狱，它的居民将变成魔鬼。

> 他是个抱住自己原则不放的极端分子，甚至是个狂人。

这些话都是纪伯伦在《麻醉剂和手术刀》中所引述的部分诋毁之词。

这位被视为一个亵渎神明、背叛宗教的“无政府主义者”，一个荼毒生灵、败坏道德的“极端分子”，一个能化人类联盟之大厦为废墟、化世界为地狱、变民众为魔鬼的狂人，究竟是个什么样的人？他写了什么样的作品而招致怨愤声如江河水般恶狠狠地诅咒和攻击？原因何在？那么，就让我们从那本导致他的国籍和教籍被吊销的作品《叛逆的灵魂》开始探究吧！

《叛逆的灵魂》是一本强烈的反叛阿拉伯社会现实的短篇小说集，收入了《瓦尔黛·哈妮》《新婚的床》《墓地的呼声》和《叛教者赫利勒》等四个短篇。在《瓦尔黛·哈妮》中，女主人公不满社会和家庭为之安排的婚姻、命运，公然藐视传统与法律，大胆地摒弃没有爱情可言的婚姻，冲破藩篱，逃离富有却年迈的丈夫，心甘情愿地与自己真正心爱的青年过着清贫的生活，追求真正意义上的爱情与幸福，宣示了对社会与家庭的反抗。

《新婚的床》中的女主人公莱伊拉同样是一位具有反抗性格的女子。在即将与一位自己并不爱的有钱人举行豪华婚礼之际，她恍然醒悟，做出与情人私奔的决定，然而情人受传统偏见的束缚太深，反而畏缩不前，佯称爱上了别人。莱伊拉盛怒之下抽出身上藏着的匕首刺向恋人的胸膛，年轻人这才说出自己心底爱着她，莱伊拉于是当着满座宾朋高声宣布，倒在血泊之中的青年才是她真正的“新郎”，请他们见证这“真正的婚礼”。她喊出一直压抑在心里的话语：“我们曾经到处寻找，但在这个世界上始终找不到适合我俩憩息的床榻。这个世界已被你们的愚昧无知搅和得一团漆黑，被你们的污浊气息搞得臭气熏天。我们宁愿到天上去。”愤怒地控诉后，莱伊拉拿起那把沾满恋人的血的匕首扎入自己的胸膛，双双赴死，壮烈殉情，使参加婚礼的人们受到强烈的震动。

《墓地的呼声》传出了三个被判处死刑的无辜者的呼声。

一个为保护未婚妻贞操不受侵犯的青年因失手杀死了欲霸占其未婚妻的军官而被判处死刑；一个少妇被迫嫁给自己所厌恶的男人，她在和昔日的恋人相会时被人看见，虽然她洁身自好，只是向恋人倾吐心声，并未做出越轨的事，却仍被安上通奸的罪名被乱石击毙；一位在修道院终年劳作、辛勤耕耘的善良农夫为给自己饥饿的孩子找口饭而去偷取修道院里自己亲手种出的粮食，却不幸被抓住并告以“盗窃罪”，难免一死。法官只根据他们“杀人”“通奸”“盗窃”的所谓“事实”来判刑，而不考虑这些事情发生的真正原因，甚至都没有审讯“犯人”，没有查询“证人”，便轻易判决。纪伯伦在这里又一次揭露了当权者的野蛮残忍，揭示了法律的虚伪。他极其愤慨地指出，教规是“以更大的罪恶去惩治罪恶”，“公道”是“用更大的罪行去制服罪行”，“律法”是“用更大的腐化去消灭腐化”。

《叛教者赫利勒》则集中地体现了纪伯伦创作初期的政治观点和社会理想。主人公赫利勒是一位孤儿出身的年轻修道士，亲眼看见了代表教权的修道士如何欺诈百姓、巧取豪夺直至榨干穷苦人身上的最后一滴血。在残酷的现实面前，他觉醒了，号召被压迫被愚弄的人们起来反抗，即使面对他人的嘲笑、修道院长的酷刑、族长高扬的屠刀，他仍然毫不退缩，从而带动了一批农民跟随他这位“叛教者”起来造反。胜利了的农民终于过上了耕者有其田的富足幸福生活。作者在这里勾勒了一幅乌托邦式理想社会的美丽图景。

从这篇小说中，我们约略可以看出纪伯伦叛逆的思想，“不仅仅是反对陈腐传统，而且把矛头直接指向政权、教权”（高慧勤、栾文华主编：《东方现代文学史》），纪伯伦看到了社会上的种种不公平现象，也看到地方官吏作威作福、欺压百姓的行为，看到政、教勾结以剥削劳苦大众的本质。

实际上纪伯伦创作初期的许多作品基本上都像《叛逆的灵魂》一样，将主题着重置于对封建统治政权的野蛮、残暴，对传统与法律的虚伪残酷的揭露，对迷信盲从与愚昧落后的批判。他试图唤醒人们奋起反抗，向传统陋俗和宗教现实发起挑战，从而凸现了他的叛逆精神。他在1906年发表的另一个短篇小说集《草原新娘》和继《叛逆的灵魂》后1911年出版的中篇小说《折断的翅膀》以及这一时期创作的许多散文诗都表现了他的这种叛逆的精神。

《草原新娘》收集的《世代的灰与永恒的火》《玛尔苔·芭妮娅》和《狂人约翰》是纪伯伦尝试以小说的形式控诉封建权力与宗教种种罪恶的开始。《玛尔苔·芭妮娅》叙述了一个出身贫寒的纯洁村姑被拐骗到城市，失身之后又遭抛弃并落入烟花最后惨死的悲剧。纪伯伦在小说中“描绘了把女性引向卑贱生活的贫穷，描绘了迷惑女性的富裕”（乔治·格里布：《文学研究》），他在表达对命运悲惨的女主人公深切同情的同时，也愤怒地谴责了封建势力的暴虐与凶残：“你是受冤屈的，欺侮你的是住在高门大户里的人，有很多钱的然而心灵狭小的人……玛尔苔啊，你是一朵花，被隐藏在人类形体内的兽蹄踩得粉碎，那脚跟狠狠地践踏了你。”

在《狂人约翰》中，纪伯伦把矛头直指封建与宗教专制势力：牧牛青年约翰因其放牧的牛群误入修道院领地而遭毒打，并加以禁闭。后来约翰因当众揭露那些宗教人士的伪善与丑恶又被官府抓了起来，直到他父亲亲自出面说明自己的儿子“疯了”才得以开释。小说塑造了一个蔑视封建传统的“狂人”形象。

《折断的翅膀》是纪伯伦在艺术上最成功的小说，讲述的是一个爱情悲剧。女主人公萨勒玛顺从软弱的父亲，违心地嫁给了一个有权有势的大主教的侄子，一个“像泥土一样平庸、钢铁一样冷酷、坟墓一样贪婪”的男人。深爱着“我”的萨勒玛在不幸的婚姻中忍受着无尽的痛苦。为了获得精神上的安慰，她每月和“我”在一座荒僻的神殿里相会，却始终不答应和“我”一起远走高飞，向“我”表示：折断翅膀的鸟儿已无力飞上蓝天。而实际上她是怕影响“我”的前途与安全而甘愿独自将苦酒饮尽。结婚五年后，萨勒玛刚生下的婴儿死了。她把夭折的孩子当成迎接她的灵魂的使者，在平静中离开了冷酷的世界。

纪伯伦在《折断的翅膀》中虽然不注重人物形象的塑造，却更多地传达了人物的内心情感与思想。那带有浓重感情和哲理色彩的叙述，小说人物那饱含辛酸的倾诉或壮怀激烈的控告，强烈地感染着读者，令人为之扼腕叹息。在类似的小说中，纪伯伦常常以象征的手法把主人公的命运和祖国人民的命运联系在一起，而在《折断的翅膀》中他干脆以个体的悲剧直接类比民族的悲剧：“那个弱女子不正是受凌辱的民族的象征吗？

那个苦苦追求爱情，身体却被牢牢禁锢住的女子，不正像是受尽统治者和祭司们的折磨的民族吗？”他在这篇小说中热烈赞美爱情，说爱情是一种“比天更高，比海更深，比生死和光阴更有力”的东西，是“世界上唯一的自由”，是“高于一切情感的爱慕”。其实他对爱情的这种理解正好可以用来解释他对祖国的爱。

2. “疯狂之神”

在随后的创作中，受尼采强力意志哲学的影响，纪伯伦那“叛逆的灵魂”达到了另一个高度——“疯狂”。在《狂人约翰》中，他的“疯狂”已初现端倪，而到他创作散文诗集《狂人》和《暴风雨》的时候，他的“疯狂”已变得越来越厉害了。“纪伯伦以其暴风雨开辟了一个新的时代”（阿卜杜·凯里姆·艾什泰尔：《旅美散文》），在横扫而来的精神危机的压力下写作。这一场暴风雨以《掘墓者》揭开了序幕。“尼采式的纪伯伦装成一个疯狂的神祇”（瑞蒙黛·卡布茵：《纪伯伦与努埃曼的精神倾向》）。他在铺满了骷髅与遗骨的生命阴影之幽谷大放惊世骇俗之词，自诩为“疯狂之神”“自己的上帝”，敢于“亵渎太阳”“诅咒人类”“嘲笑大自然”。

在这一阶段“狂人”与“疯狂”的字眼频繁地出现在纪伯伦的作品中，或直接嵌入标题，如《我如何变为狂人》《夜与狂人》《狂人约翰》等；或写入正文，如《暴风雨》集中的《掘墓者》《暴风雨》《节日之夜》，《狂人》集中的《狂人与夜的对白》和《七个化身》等。

在《我是如何变为狂人》一篇中，作者叙述“我”的七个面具被窃，只好“赤裸着脸来到街市”，人们嘲笑这个没有面具的人，惊呼其为“疯子”，于是“我”从此成为“狂人”。但是，纪伯伦本人也正是由于没有用面具掩饰自己，敢于赤裸裸地站在真理的阳光之下，敢于呐喊，敢于反抗，大胆地宣布自己发现的真理，说出真相和真话，所以被传统卫道士斥为“狂人”，攻击其疯狂。他的“疯言狂语”不仅难以被他的许多阿拉伯同胞所接受，就连在相对自由的西方也难免受到一些人的诘难。美国前总统西奥多·罗斯福的同胞姐妹罗宾逊夫人就曾对纪伯伦的《我和我的灵魂走向大海》一诗作出这样的批评：“这是一位魔鬼锻铸的摧毁性语言，对我们来说，不宜鼓励这种文学风格，因为它歪曲价值，搅乱道德，把道德降到了最低的等级！”

但是纪伯伦并没有被种种攻击所吓倒，反而大胆地承认自己的疯狂：“我的确是个极端分子，甚至近于疯狂。”他曾对自己的挚友米哈尔·努埃曼说：“如果人们像说布莱克那样说我‘他是疯子’，我将感到很高兴。难道他们不知道吗？在艺术中疯狂就是创新，在诗歌中疯狂就是睿智，而对上帝的疯狂则是最高的崇拜！”

纪伯伦带着“狂人”的眼光审视着东方的停滞与僵化：东方人尚空谈、少行动，奴性十足，“个个被沉重负担压弯脖子，人人手脚被镣铐束缚”。他看到奴性成为东方社会里父子相传的“永恒的灾难”，看到东方人“把强人称为英雄，把一时显赫的征服者奉为施主”,“大张旗鼓地欢迎一位新王,末了以嘘声作别,再去大张旗鼓迎来又一位君王”,“在葬礼上行进方才呐喊,在废墟中沦陷方欲扬名,当头颈置于铡刀下方始反抗”,“在睡梦中蔑视欲望,当醒觉时又屈从于它……”

看到东方人的这种现实,纪伯伦以“狂人”的胆量去面对它,同时以十足的清醒试图改变它:“我让我的建设的意向趋向破坏,在我心中,有对人们视为神圣的东西的厌恶,有对他们所厌恶的爱。假如我能连根拔除人类的风俗习惯、信仰传统,那我绝不会有一分钟的犹豫。”

纪伯伦还进而把眼光转向西方社会,审视着全人类的文明。他同样看到了西方形成的陋习,看到了他们的伪善、谎言、奸诈和罪恶:“东方民族的苦难正是世界所面临的苦难。被视为上升的西方的那些东西,只不过是一种空虚自负的魔影。伪善,即使剪去角,也还是伪善;欺骗,纵然其角是柔软的,永远是欺骗;谎言,即使穿上绫罗绸缎,住进华宫宝殿,也不能变成真理;奸诈,哪怕乘上火车或登上飞船,也绝转化不成忠诚;贪得无厌不懂何为知足常乐,即便二者之间的距离可以丈量,各自的重量可以称掂;罪恶不能变成美德,纵然产生在厂房或学院……至于奴性,屈从生活,屈从于过去,屈从于训诫,屈从于利益,屈从于衣饰,屈从于死亡,那么,永远是奴性,即便面涂油彩,锦衣绣冠,自诩自由,也还是奴性。”他认为西方人并不比东方人高贵,东方人也不比西方人低贱,灾难、盲从和愚昧被一种“原始的、公正的法规”平分给各个民族,并无厚此薄彼。

在纪伯伦疯狂眼神的逼视下，文明现出了虚假的原形。在这位“疯狂之神”看来，世界上的一切都是虚假的，人的一切意图、目标、志向、愿望都是虚幻的，甚至连劳动也是虚幻，只有一样真正值得向往的东西，那就是精神上的觉醒：“它是一种思想念头，突然闪过人的意识，使人眼界顿开，令人看到生命充满欢歌，佩戴着耀眼光环，像一座光明之塔，矗立于天地之间；它是人们良知之中的一柄火炬，突然燃烧在人的灵魂深处，引着周围的干柴，火烟腾空而起，继之遨游于广袤无际的云天；它是一种情感，降落到人的心田，使之认为一切不合口味的东西均系丑恶异物，于是厌弃一切不合己意之物，反对所有不了解个人秘密的人。”纪伯伦把这种精神上的苏醒视为“对人来说最宝贵的”东西，是生存的目的之所在。

很显然，纪伯伦已由叛逆与疯狂转入更深刻的思考，寻找可以彻底地改变社会的东西。我们从他的创作历程发现，他找到了爱与美。而他对爱与美的追求是与其叛逆精神一脉相承、紧密相连的。更确切地说，他的叛逆精神是爱与美的出发点，而爱、美与死则是他反叛社会、拒斥传统、向陈规陋习发起挑战的手段。纪伯伦逐渐感觉到，光破坏是不行的，还需要有建设。于是他从对旧传统的摧毁走向对爱的赞美和对美的追求，以及为爱与美而甘愿献身的“死”之精神。

我愿为追求理想而死

如果我们把纪伯伦的作品看作一部震撼心弦的交响乐，那么，爱、美与死便构成了这部交响乐的主旋律。纪伯伦曾说过："我愿为追求理想而死，不愿百无聊赖而死，我希望在自己内心深处，有一种对爱与美如饥似渴的追求。"他对爱、美与死的独到理解，形成了一套全新的价值观念，常常是与传统的伦理纲常相背离的，是离经叛道的思路，既是他的叛逆精神的延伸，也是他拒斥传统的出发点，对传统和宗法制度起到一种解构的作用。

1. 爱之深

我们发现，纪伯伦的作品中始终贯穿着人类文学永远的主题——爱。随着时间的推移，随着思考的深入，爱的思想观念在他的创作中发生表达形式上的变化，更确切地说，是他赋予作品以越来越深刻的爱的内涵。

在纪伯伦的笔下，爱的内涵是十分广泛的，它包括男、女之间的恋情，家庭内部、朋友之间的亲情，包括对祖国和人民的爱国主义热忱，甚至于升华到全世界、全人类的博爱，还包括对于艺术和真理的诚挚追求。他的心中溢满了对人类与世界、对宇宙和大自然、对生活与生命、对艺术与真理的热爱。对纪伯伦来说，"爱是最高形式的正义"，离开了爱，生命也就失去了意义。可以说，爱是纪伯伦毕生追求的理想。

如前所述，纪伯伦创作的小说大多借着爱情的题材，触及了社会的种种弊端。“作家从妇女的落后中得到了一个描写社会腐败并加以抨击的主题。”(乔治·格里布:《文学研究》)在他的许多散文诗中，也有很多歌颂真挚纯洁爱情的篇章，赞许青年男女对爱情的追求。在男女情恋中，他尤其赞赏那些重心灵与精神之交、轻肉体与物质追求的恋人。在他看来，污秽只在心灵不在于躯体，被玷污了躯体的妇女仍然可以保持灵魂的纯洁，仍然值得有勇气的男人去爱，也有权利获得真正的爱情。

纪伯伦歌颂得最多、也最投入的爱，是不堪忍受祖国屈辱地位的爱国主义者忧国忧民的深情，和远渡重洋、心怀故国的游子对家乡、对祖国深切的思念与渴盼。纪伯伦所处的时代，阿拉伯社会同其他的东方国家一样，处于内外交困之中，国家落后，人民愚昧，专制统治的腐朽与黑暗，外来的殖民主义者的掠夺与压迫，使深爱着祖国和人民的纪伯伦的脑子里充满了忧患的意识。当权者以有利于他们自己的法规来控制社会，统治平民百姓，广大人民生活于不幸之中。纪伯伦对此深为同情：“你们——我亲爱的弱者们，都是人类法规的牺牲品。你们不幸，这不幸是强者的蛮横、官府的暴虐、富人的悭吝、不良之徒的自私自利所造成的结果。”

外国势力的渗透，殖民主义者的掠夺和剥削进一步加剧了人民的苦难。在《朦胧的祖国》一诗中，纪伯伦形象地揭露了殖民主义者贪婪、凶残的本性。他吟道：

我们曾把忍耐做衣衫，
它却被焚，我们只好以灰为衣！
我们曾把柔顺当作靠枕，
酣梦中它却变为干草荆棘……

于是，纪伯伦召唤祖国的儿女去打破传统的桎梏，去与侵略者“拼个你死我活”，招呼他们放眼看世界，鼓励他们去向大自然索取财富，但他得到的反应只是他们沉睡不醒，他们的泥古守旧，他们的怯懦与恐惧。纪伯伦认识到，麻木不仁已成为东方的通病：“东方是一个病夫，灾病轮番侵袭，瘟疫不断滋扰，他终于习惯了病痛，把自己的灾难和痛苦看成是某种自然属性，甚至看成是一些陪伴着高尚灵魂和健康躯体的良好习惯；谁要是缺少了它们，谁就会被看成被剥夺了高度智慧和高度完美的残缺不全者。”对于这样的人民，他从满怀希望到失望甚至于绝望，只能抱着一种“哀其不幸、怒其不争”的心态。他大声喊道：“同胞们！对于你们的软弱，我曾怜悯过。但这种怜悯却使弱者有增无减，使他们更加消极、懒散，而对人生毫无益处。如今，我看到你们的软弱，我只是感到可憎，可恶，可鄙，可耻。”他丝毫不掩饰自己对他们的“恨意”，大声地说出：“我恨你们，因为你们竟不喜欢光荣与伟大。”由爱及恨，正是爱的极致。

与此同时，远离故国家园的游子经历更加激起纪伯伦对祖国的思恋。一方面，在海外艰难的生活、困苦的处境，使他怀疑背井离乡的目的，忆起在故乡曾经有过的相对来说还算美好的时光；另一方面，他和其他的游子一样是来自东方，自幼接受东方文明的熏陶，一旦来到西方国家，感受到资本主义社会的物欲横流、人情淡薄的残酷，便更加怀念那以精神为核心的、充满了人际温情的东方文明，于是不由自主地想念产生这种“精神”的文明的摇篮，思恋生身的故乡，把至性至情的心投附远隔重洋的祖国。

爱国与思乡便自然而然地交织缠结在一起。纪伯伦在有的篇章中揭示祖国的愚昧与落后，哀叹人民的昏睡不醒，在有的篇章中则干脆直抒胸臆，大声吟咏：“我思念祖国，因为那里有壮丽的山河；我热爱祖国的人民，因为他们过着苦难的生活……我赞美我的故乡，思念我的家园。”被列宁认为是“千百年来巩固下来的对自己独有的祖国的一种最深厚的感情”的爱国主义，在纪伯伦那里得到了淋漓尽致的体现，时而是对家乡和故国的深切思念与渴盼，时而是对祖国和人民命运的关怀与焦虑，时而赞美祖国千百年来积淀下来的优良的民族传统和东方式的精神与内核的文明，时而又大声斥责那禁锢人们的思想与行为的封建宗法制度……

更为难能可贵的是，他对祖国和人民的爱升华到对全世界、全人类的博爱。纪伯伦的父母都是天主教马龙派教徒，博爱的思想早在幼年时就在父母的熏陶下深深地根植于他幼小的心灵之中，埋在他的意识深处。

纪伯伦的博爱思想不仅仅出于宗教的原因。他在海外生活的艰难困苦促成了他对世人的理解特别是对穷苦人的同情。

留学欧洲的经历则开阔了他的眼界，也开拓了他的思维，把他推向更高的思想境界，以宽广的胸怀含纳世界。

他不断地向人们表白自己："我爱故乡，爱祖国，更爱整个的大地……因为整个地球都是我的兄弟。"他的爱国主义、民族主义思想、感情是和他的人类一体观紧紧地联系在一起的。一方面，他积极弘扬爱国主义，另一方面又极力反对狭隘的爱国主义，反对那种"为了领土和财富，为了一些鸡毛蒜皮，就大动干戈，让国土变成一片残垣颓壁"的爱国主义。他在《美人鱼》中借美人鱼的嘴说出自己心中的话语："如果义务是否定各国之间和平相处，爱国主义是扰乱人类生活的安逸，那么就让这种义务和爱国主义见鬼去……"

他在这里提出了一种典型的地球家园论或人类一体论。在第一次世界大战前夕，民族沙文主义和民族复仇主义盛行一时，纪伯伦却能以一位诗人的良知和清醒的认识喊出"你是人，我爱你，我的兄弟"，这是多么的难能可贵。在《诗人的声音》中，纪伯伦明确地阐释了自己的世界主义立场："人类划分成不同的民族，不同的集体，分属于不同的国家，不同的地区。而我认为自己却不属于任何一国，又不属于任何一地。因为整个地球都是我的祖国，整个人类都是我的兄弟；因为我觉得，人类本来就不够强，把自己肢解得零七碎八，岂不荒唐？地球本来就不够大，再分成大大小小的国家，岂非太傻？"

纪伯伦对于爱的理解已经臻达一种很高的境界。在他爱的观念中，那是为了生命的快乐而付出的爱，是施与不图回报的超功利的爱，因而是伟大的人类之爱：

> 爱除自身外无施与，除自身外无接受。
>
> 爱不占有，也不被占有。
>
> 因为爱在爱中满足了。
>
> ……
>
> 爱没有别的愿望，只要成全自己。

2. 美之真

在纪伯伦的爱与美的观念中有一个联络点，那就是他对艺术与真理的追求。作为一位画家，纪伯伦深受象征主义画派的影响。后印象派画家的代表塞尚认为，正统的艺术家们只是画出了他们所看到的、认为是现实的东西，但后印象派的绘画艺术则应剥开表层，抓住外表掩盖之下的真正的现实，真正的形式规律，那些肉眼看不到的，只有用智慧才能领悟的现实和规律。受这种思想的影响，纪伯伦的画笔下很少出现单纯的风景画，或社会现实与日常生活场景的写实，却画出了许多超现实的画面，赋予了深蕴的象征意义，发掘出他所领悟的真实。

尽管纪伯伦的画也以高山、大海、流云、飞鸟、旷野、草木、洞窟等为背景，但他在独特艺术思想支配下，以自己独特的视角和技法所造成的冷峻庄严的气氛，赋予画面以深沉的内涵和深刻的哲学意蕴。以他的画作中为数不少的以人体为主题的绘画为例，那些彼此交错扭曲、苦苦挣扎的人体，暗喻着社会和传统对人类的束缚、制约，象征着人类的不自由，表现了凡俗人世的艰辛苦难与复杂的社会现实；那些蜷缩于洞穴或卧伏于地的人体则暗示着人类的兽性和不成熟，暗示着人类的奴性和"侏儒性"；那些飘升上引、向上飞翔的人体则表现人们对自由和理想的追求；那些漂浮云空、俯瞰下界的人体则是人类精神的神圣化，是爱、美与真理的化身；那硕大无朋的巨人则象征着"神性的人"，代表着人性摆脱了奴性而趋向神性的进化；那些裸体则象征着赤裸裸的真理或赤裸裸的生活真实……

纪伯伦所画出的正是他所透视的掩蔽在外在现实之下的真理，是他在文学作品中所表现的思想主题的艺术再现和深化。因而可以说，他的文学与艺术创作都是他探索真理的手段。

令人惊讶的是，纪伯伦还借助和他同类的人来探求真理："你是我人生的伴侣，是你帮助我去认识那遮在阴云后面的真理的秘密。"他因为人的心灵深处所存在的真与美而去爱人："我爱你，是因为我爱你那出自平凡的头脑的真理。那真理，我现在因为眼瞎无法将它辨认，但我确信，它神圣而纯真，因为它是心灵的作品。那真理将与我的真理在未来的世界相遇，像花儿芬芳的气息，交融在一起，变成一个完整的真理而千古永垂。与这真理一道长存的则是爱与美。"

世界由于有了真、善和爱而显得美丽非凡。但纪伯伦否定了普通人把"那未曾满足的需要"当作美的庸俗解释。他认为，美不是被冤枉的受伤的人所渴盼的仁爱、轻柔的母亲的爱抚与温情，美不是疲乏、忧苦的人心中的温柔微语，不是热情的人心中“一种全能的可畏的东西”，不是烦躁的人在万山中呼号发泄，不是劳作的人所要的安逸与休闲……总而言之：“美不是一种需要，只是一种欢乐。它不是干渴的口，也不是伸出的空虚的手，却是发焰的心，陶醉的灵魂。”

在纪伯伦看来，美是一种“不朽的语言”，是“只有我们的灵魂才能理解的秘密”。美是一种“生命力和理解力”。美就是生命本身：“在生命揭露圣洁的面容的时候的美，就是生命。但你就是生命，你也是面纱。美是永生揽镜自照。但你就是永生，你也是镜子。”美就在我们的身边，就在大自然的怀抱里。纪伯伦认定，那最符合自然本性的人、物、事都是美的一个个侧面：

> 请你们仔细地观察地暖春回、晨光熹微，你们必定会观察到美。
>
> 请你们侧耳倾听鸟儿鸣啭、枝叶窸窣、小溪淙淙的流水，你们一定会听出美。
>
> 请你们看看孩子的温顺、青年的活泼、壮年的气力、老人的智慧，你们一定会看到美。
>
> 请歌颂那水仙花般的明眸，玫瑰花似的脸颊，罂粟花样的小嘴，那被歌颂而引以为荣的就是美。
>
> 请赞扬身段像嫩枝般的柔软，颈项如象牙似的白皙，长夜同夜色一样黑，那受赞扬而感到快乐的正是美。

> 请你们把躯体当圣台，奉献给善行；把心灵作祭坛，对爱情膜拜顶礼；那么为这种虔诚而奖赏你们的恰是美……

纪伯伦深信，美是珍惜生命的开始，是热爱幸福的起源，美可以使人的灵魂返璞归真，回归大自然，返回生命的起源。这便是美的神力所在。所以，他奉劝人们“把美当作宗教，把美当作神祇崇拜！因为美是万物完善的象征，体现在理智的成果上”。

在纪伯伦美的观念里，又蕴含着一种献身的精神。那是美的最高境界。他给美下了这样的定义：“美——就是你见到它，甘愿为之献身，而不愿向它索取。”简而言之，就是一种奉献，一种高尚的给予，美就蕴藏在施与之中：“有人喜乐地施与，那喜乐就是他们的酬报。有人无痛地施与，那无痛就是他们的洗礼。”“你把你的产业给人，那只算给了一点。当你以身布施的时候，那才是真正的施与。”

3. 死之美

为了爱的实现，为了真正的人生，纪伯伦“甘愿为之献身”，坦然赴死而不悔。出于对人类的爱，特别是对祖国人民的爱，纪伯伦献身于唤醒民众的神圣事业——文艺创作，写出了社会的黑暗，喊出了振聋发聩的声音，却也因此触怒了那些当权者和奴性十足的愚昧者，给他自己的生命带来威胁。但他依然故我，丝毫不为所动，准备好随时为爱与美而献身。他曾把自己这种赴死的决心告诉自己的红颜知己:“我正在写下会把我送上被告席的话,会激起阿拉伯人反对我的话,不过我并不在意。因为我已审视过事情的方方面面,况且我已习惯于被钉在十字架。他们如果愿意,就把我的肉身钉上十字架吧!”

在其思想的另一个维度上,纪伯伦觉得物质的羁绊会使人的心灵沾满污垢,而为了心灵的纯洁和灵魂的完美他宁愿死去,以获得精神上的新生。因此,他呼唤死亡的来临:“来吧,美丽的死神!我对你早就心驰神往了。请走近前来,解开物质的羁绊,我拖着它早已疲惫不堪……快来呀!人类已抛弃了我,把我投掷于遗忘的渊薮,只因为我不像他们那样贪图金钱,也不把弱者奴役、驱唤。来呀,美好的死神,把我带走吧!”

纪伯伦曾经在唐人街的贫民窟生活过,接触过印度和中国的宗教哲学思想,对轮回说有很深刻的印象。他认识到死的后面“隐藏着永生之门”,“生和死是一件事,如同江河与海洋也是一件事”,“除了在风中裸立、在日下消融之外,‘死’还是什么事呢?除了把呼吸从不息的潮汐中解放,使他上升、扩大,无碍地寻求上帝之外,‘气绝’又是什么呢”。既然如此,死何足惧哉?

更何况纪伯伦已备尝生活的艰辛,人世的险恶。乖蹇的命运给他带来太多的痛苦。当初为生活所迫,不得已随家人背井离乡,移居海外,终日为生计而奔波,又一再地面对失去亲人的悲痛。在1901—1902年短短的十五个月当中,他的妹妹苏日丹娜、哥哥布特鲁斯和最亲爱的慈母卡米拉因贫病相继撒手人寰,只留下纪伯伦和另一个妹妹玛尔雅娜无依无靠、孤苦伶仃地挣扎着活下去。兄妹俩相依为命，尝尽了生活的辛酸苦辣。这使他对死有了一种刻骨铭心的理解。他甚至向往着死："请让我长眠吧！我的灵魂已经尝够了岁月的辛酸。"在艰难人生的反衬下，死亡在他的眼里反而显现出一种意外的美丽。他想象着：临终前四周燃起香炉的蜡烛，玫瑰花和水仙花的瓣儿撒在身上，麝香粉撒进头发，香水洒在脚上，琴弦的奏鸣萦绕在耳际，笛子甜美的曲调罩住快要停止跳动的心房，挽歌迷人的词句"为我的感情铺灵床"，还有亲人朋友的吻别，老人孩子的祝福，等等。所有这些构成了"死之美"，深深地吸引着纪伯伦。

难怪纪伯伦曾一度迷上了死亡。他说："曾有若干次，我爱过死。我用过动听的名字将它召唤，也曾明里暗里对它歌颂、称赞。我未曾忘却过死，也不曾对它不忠，但如今我也热爱人生。死与生对于我来说，都具有同样的美，有同样的吸引力，它们都让我渴慕、思念，引起我的爱恋与情感。"

在文学创作方面，爱、美与死的主题充斥在纪伯伦作品的字里行间。实际上，他的整个生命都是围绕着爱、美与死进行的。他看到祖国的景象、人民的状况而生悲悯之心，看到西方物质文明对于人们灵魂的玷污，激起了他对美好人生的向往，对理想世界的憧憬。于是，他拿起画笔描绘人们所遭受的痛苦，表现人们心中的哀伤与绝望，用他手中的笔墨猛烈地抨击社会的黑暗与腐败，歌颂真善美、鞭笞假恶丑，呼吁和平，倡导建构一个自由、平等、幸福、博爱的社会。为了唤起沉睡不醒的人们的意识，他不惜耗费自己的生命与青春，投入紧张的文艺创作，常常废寝忘食，以雪茄和咖啡来保持旺盛的创作精力。他的健康因而受到极大的损耗，很快便受到病魔的折磨和死亡的威胁，大业未竟而英年早逝。他那正在构思的将与《先知》《先知园》组成“先知”三部曲的《先知之死》亦因此未能面世，给读者留下了永远的遗憾。

尽管如此，纪伯伦在以《先知园》为主的后期创作中已向我们指出了人类发展的方向，即摆脱奴性，恢复人性，走向神性。而他毕生关注和谈论不休的爱，恰恰是做成“神性的人”的最重要的途径和手段。

让我们谈论“众神”

纪伯伦在对爱与美的追寻中，发现了人的奴性对于人类自身的危害，并因此而对之深恶痛绝，必欲去之而后快。于是他在反奴性中寻找人性，进而趋向神性，主张放弃“小我”而捕捉“大我”，把自我塑成“神性的人”。

1. 奴性对人类的危害

他在早期创作的小说中所描述的许多爱情悲剧、婚姻悲剧和人物的悲惨命运，究其原因，除了专制统治的残酷和陈规陋习的束缚以外，受害者本身的软弱、愚昧、轻信、盲从等种种奴性的表现亦未尝不是造成悲剧的重要因素。但纪伯伦当时专注于反叛社会传统，而未深究奴性本身的危害。后来经过深入的思考，他越来越认识到批判奴性的必要性。

散文诗集《暴风雨》是纪伯伦批判奴性、发掘人性、趋向神性的交汇点。他从此开始直接鞭挞人们身上普遍存在的奴性。他毫不客气地指出，无论是东方人还是西方人，都不能完全摆脱套在其思想上的枷锁，总是自觉或不自觉地以某种形式表现出对某种物质或精神的奴性心理。

在《奴隶主义》一文中，他集中地论述了奴隶主义的广泛性和持续性，奴性的强大破坏力和奴隶主义的种种表现形态。作者站在历史的高度观照奴隶主义："自我降生始，七千年过去了，我所见到的尽是屈辱的奴隶和戴镣铐的囚犯。""我跟随一代又一代的人，从恒河畔来到幼发拉底河沿岸、尼罗河口、西奈山麓、雅典广场、罗马教堂、君士坦丁堡街巷、伦敦大厦，我发现奴隶主义阔步于各地的祭悼队伍之中，人们尊之为神灵。"尽管东方与西方存在着差别，尽管生活中有过光明也有过黑暗，尽管人类不断在进步，"步出洞穴，走向宫殿"，但是，"至今我所看到的人们，个个被沉重负担压弯脖子，人人手脚被镣铐束缚，跪在偶像面前"。

纪伯伦认为，奴隶主义实际上是永恒的灾难，给人间带来无数的创伤：无论白天，还是黑夜，它带给人的是无尽的屈辱、卑贱，使人的生活饱浸血汗和泪水。他透过历史看到，人始终是生活的奴隶，无论在镶金嵌银的豪华巨宅，还是死气沉沉的茅舍破屋，奴隶主义无处不在；无论是穷人，还是富人，无论是大人还是小孩，男人还是女人，无一不是另一个人或另一阶层的奴隶："我发现劳工是商贾的奴隶，商贾是大兵的奴隶，大兵是官宦的奴隶，官宦是国王的奴隶，国王是牧师的奴隶，牧师是偶像的奴隶。"而偶像只不过是"魔鬼弄来的一把泥土，并且将之竖在骷髅堆上"。

在纪伯伦看来，有的人虽不是名义上的奴隶，却是事实上的奴隶；有的人虽不是物质上的奴隶，却是精神上的奴隶，不同的人把奴性表现得淋漓尽致："人们将美酒、香水洒在奴隶主义的脚下，呼之为国王。人们在奴隶主义偶像前焚香，称之为圣哲。人们在奴隶主义面前顶礼膜拜，尊之为法规。人们为奴隶主义拼搏，誉之为爱国主义。人们向奴隶主义屈膝投降，命之为上帝的影子。人们照奴隶主义的意志，烧掉房舍，摧毁建筑，称之为友谊、平等。人们为奴隶主义辛勤奔波，称之为金钱、生意……"

纪伯伦把各种奴隶主义归结起来，发现其形态竟是如此繁多，有哑巴式、聋子式、瘸子式、早衰式、画皮式、蜷曲式、佝偻式、奸猾式、黑暗式，等等，不一而足。在这众多的奴隶主义形态中，"其最出奇者，则是将人们的现在与其父辈的过去拉在一起，使其灵魂拜倒在祖辈的传统面前，让其成为陈腐灵魂的新躯壳、一把朽骨的新坟墓"。纪伯伦感到最为可怕的是："奴隶主义从属于奴隶主义本身，是一种惯性力量。"它像生命、习性的继承一样，代代相传，婴儿将奴性和着母乳一道吮吸。于是乎，世世代代回响着痛苦的呻吟。

这样的奴隶主义是怎样的一种沉疴痼疾？纪伯伦实在不

能再忍受。他以一个“疯狂之神”的形象粉墨登场，呼唤着一场变革的风暴，以摧枯拉朽之势，打倒暴君，废除不公正的法律，彻底消灭奴性。他愿自己是一个“掘墓者”，彻底地铲除旧世界，扫荡一切不随时代暴风雨前进的、虽然活着却已死去的行尸走肉；他愿自己是一个革命者，号召人民反抗压迫，摆脱奴性；他主张用“解剖刀”挑开东方的病灶，用“手术刀”果断地切除那日益蔓延的危险的痈疽。

2. 恢复人性

消灭奴性，便意味着人性的恢复。而要恢复人性，首先要恢复人的自由。纪伯伦认为奴性是自由的天敌，必须消除奴性以获得自由。那么，什么是真正的自由呢？纪伯伦指出：

> 当那求自由的愿望也成为羁绊，你们不再以自由为标杆为成就的时候，你们才是自由了。
>
> 当你们的白日不是没有牵挂，你们的黑夜也不是没有愿望与忧愁的时候，你们才是自由的。
>
> 不如说是当那些事物包围住你的生命，而你却能赤裸地无牵挂地超越的时候，你们才是自由了。

其实，纪伯伦并没有在人性与自由的问题上作太多的停留，便很快找到了人类自身存在的一种“无穷性”，即“神性”。介于奴性和神性之间的便是人性。他对神性、人性与他称之为

“未成形的侏儒的”不成人性的东西即奴性作如是说：

你们的“神性”像海洋；

他永远是纯洁不染，

又像“以太”，他只帮助有翼者上升。

你们的“神性”也像太阳；

他不知道田鼠的径路，也不寻觅蛇虺的洞穴。

但是你们的“神性”，不是独居在你们里面。

在你们里面，有些仍是“人性”，有些还不成“人性”。

他只是一个未成形的侏儒，睡梦中在烟雾里蹒跚，自求觉醒。

我现在所要说的，就是你们的“人性”。

因为那知道罪与罪的刑罚的，是他，而不是你的“神性”，也不是烟雾中的侏儒。

他实际上认为人类精神的发展是沿着“侏儒—人性—神性”的轨迹前行的，因此人类要发展，人性必须升华。像侏儒一样“在日中匍匐取暖，在黑暗里钻穴求安”的人类不仅要向前“爬行”，还要向上成为“飞翔者”，捕捉“天空中飞行的大我和真我”，获得神性，成为“神性的人”。人只有获得了无穷性/神性，才能永存：

但还有比欢笑更甜美，比想慕更伟大的东西流到。

那是你们身中的"无穷性";

你们在这"巨人"里面,都不过是血脉与筋腱,

在他的吟诵中,你们的歌音只不过是无声的颤动。

只因为在这巨人里,你们才伟大,

……

在你们本性中的巨人,如同一株缘满苹花的大橡树。

他的神力把你缠系在地上,他的香气把你超升入高空,在他的"永存"之中,你永远不死。

3. 趋向神性

纪伯伦不仅在《先知》中指出了成为"神性的人"的目标,还指明了实现这一目标的手段和具体道路。那便是听从"爱"的召唤,坚持"美"的追求。他说道:"当爱向你们召唤的时候,跟随着他,虽然他的路程艰难而陡峻。"因为"爱没有别的愿望,只要成全自己"。他还说:"你们到处追求美,除了她自己做了你的道路,引导着你之外,你如何找到她呢?"

论者伊宏认为:"《先知》是一位严肃的作者以严肃的态度为严肃的读者进行严肃思考而写下的一部严肃的作品。"这一评价是很贴切的。纪伯伦的确是经过长期的酝酿之后,才写出了这部"我思考一千年的书"。在这部伟大作品中,纪伯伦塑造了一位回答了"关于生和死中间的一切"问题的东方智者形象。这位被称作"至高的探求者"和"上帝的先知"的东方智者以深

邃的哲思谈到了爱情与婚姻、法律与自由、理性与热情，谈到了生与死、苦与乐、善与恶、罪与罚、爱与美等一系列具有世界性普遍意义的永恒话题。在读者看来，这一位“上帝的先知”便仿佛是纪伯伦所追求的“神性的人”。而塑造了这位东方智者形象的《先知》作者则被读者称为“超群出众的人的典范”“带着全部精神美和生命美的人物”“超越人类和超越生命的巨人”。黎巴嫩人则干脆把他称为“我们的先知纪伯伦”。

在《先知》的姊妹篇《先知园》中，那位东方的智者亚墨斯达法回来了，继续为人们答疑解难，深入地谈到人与自然的关系，进一步阐述了人的“神性”。在探究人的“无穷性”“神性”的过程中，纪伯伦发现了生命与存在的永恒性。其实，在《先知》的结尾处，他已涉及这一点：

> 不要忘了我还要回到你们这里来。
>
> 一会儿工夫，我的愿望又要聚成泥土，形成另一个躯壳。
>
> 一会儿的工夫，在风中休息片刻，另一个妇人又要孕怀着我。

这种东方轮回观念又出现在《先知园》里。他再一次谈到了人的存在：“在这座花园里，躺着人们用手埋葬的我的父母；在这座花园里，播撒着风之翼携来的昨日的种子。我的父亲和母亲将在此地埋葬一千次；风儿将在此地播撒种子一千次；你、我，还有这些花卉，在今后的一千年里也和现在一样，将一起来到这座园中。我们将生存，爱着生活；我们将生存，梦想着宇宙；我们将生存，向着太阳成长。”或许纪伯伦在这里所表现的轮回观念并不完全是佛教的轮回，但我们起码可以将它理解为精神的轮回，理解为真理的永恒。一个人获得真理之后，即使他死去，也不意味着真理随着他的死亡而消逝，而将在另一个人或下一代人身上重现。人类由此而获得了一种无穷性。只不过这种无穷性在纪伯伦看来是包容在上帝的无穷性之中的。他说：

> 我亲爱的伙伴们，请想象一下：有一颗心包容你们全部的心，有一份爱兼蓄你们全部的爱，有一种精神容纳你们全部的精神，一种声音蕴含你们全部的声音，有一种宁静比你们全部的宁静更为深邃，而无穷无尽。
>
> 请在内心努力地感觉：有一种美比一切美物更加迷人；有一首歌比海洋和森林的歌声更加强劲；还有一种威严，它端坐的宝座，天狼星只配作其脚垫，它手执的权杖，令七女星相形失色，不过似露珠的微光。

在这里，人不再是上帝的奴仆，而上帝也不再是世界的主人，人与上帝的关系是一种共存共融的合一关系，你中有我，我中有你，相互缠结在一起，不可须臾分离。这种思想与东方的“天人合一”“梵我合一”是何等相似。他的这种思想在《先知》

和《先知园》中是一脉相承的。他说："当你爱的时候，你不要说'上帝在我心中'，却要说'我在上帝的心里'。"其实上帝就在人心中，人亦在上帝心中。"只因你们是上帝大气中之一息，是上帝丛林之一叶，你们也要和他一同安息在理性中，运行在热情中。""我们是上帝的气息和芬芳；我们是上帝，在树叶中，在花朵中，更在果实中。"

尽管纪伯伦为我们提供了认识上帝的方法，指明人类的身上具有了上帝的无穷性，具备了神性，但人的无穷性，并不等同于上帝的无穷性并且不可能达到上帝的巨大包容性。对于凡夫俗子来说，上帝仍然是难以理解的。因此，纪伯伦奉劝人们少谈论知悟不了的上帝，多谈论可以理解的彼此："从今不要再侈谈天父上帝了。让我们谈论'众神'吧——便是你们身边的人们……不要随便谈论上帝，那是你们的'一切'，倒不如邻居与邻居之间、'一神'与另'一神'之间相互交谈，相互理解。"

但这并不意味着人要放弃寻找神性/无穷性，因为引导人类趋向神性和实现"大我"一直是纪伯伦的愿望。他说："教导你们实现'大我'，包容人类的'大我'"，"只有当你们沉湎在'小我'，你们才去寻找天空，即你们所称的'上帝'。愿你们能够找到通往'大我'的道路，愿你们少一些惰性，勤勉地铺路"。

其实，纪伯伦已经很明确地向人们指出了通向"大我"的道路——爱。只不过他在《先知》中强调的是一种"施与"的爱，而在《先知园》中则提出增加"接受"的爱，完善了爱的内涵。他认为不能只施与而无接受，认为受与施同等重要，不可或缺："在你施的右手和受的左手之间，有着大空间；只有把双手同时看作亦施亦受，你才能弥合空间；因为你既无所施，也无所受，了解此理你方可征服空间。”如果没有“接受”，“给予”便成了无的放矢，而如果没有“被爱”的对象，没有“被施与”的对象，爱的主体也失去了目标，爱的行为失去了意义。

纪伯伦的文学的确是阿拉伯现代文学的一个重要里程碑。他和旅美的文学伙伴们“表达了一种纯阿拉伯的精神”（邵基·戴夫：《现代阿拉伯诗歌研究》）。西方人也同样给予了他极高的评价。美国前总统西奥多·罗斯福曾对纪伯伦说：“你是最早从东方吹来的风暴，横扫了西方，但它带给我们海岸的全是花香。”纪伯伦之所以能取得巨大的成就，固然是由于他个人的天赋与努力，但我们也应该看到，旅美文学作为一个流派，是他坚强的后盾，旅美文学整体的繁荣为他的创作提供了充分的推动力。

V　人与时间的斗争

——读陶菲格·哈基姆《洞中人》

埃及著名作家陶菲格·哈基姆于1933年发表的《洞中人》讲述的是几个沉睡三百年而复活的基督徒的故事。在不信仰基督教的古罗马达格亚努斯国王时代，三个基督徒为了逃避国王的迫害，躲进了一个山洞里。他们分别是朝中大臣马尔努什和米什利尼亚，牧羊人叶木利哈及其猎犬格塔米尔。三个人从沉睡中苏醒以后，都以为自己只睡了一夜。牧羊人拿着钱出洞去购买食品。当手中的银币被辨认为三个世纪以前的古董时，叶木利哈方惊觉自己与同伴们一觉睡了三百年。他们相继走出山洞，进入了新的社会、新的时代。他们怀着希望去寻找自己最为牵挂的人或物，试图适应新的环境，结果都遭到失败，最后殊途同归，回到山洞饮恨死去。

时间战胜了人类

陶菲格·哈基姆的这部剧作借用了《古兰经》以及《古兰经》注的“山洞”故事作为创作的题材。实际上,《古兰经》中的这个山洞故事又是对基督教的“七眠子”故事的演绎,目的在于劝诫世人信仰真主及其超凡的能力,信仰复活的真实存在:“你看太阳出来的时候,从他们的山洞的右边斜射过去;太阳落山的时候,从他的左边斜射过去,而他们就在洞的空处。这是真主的一种迹象,真主引导谁,谁遵循正道;真主使谁迷误,你绝不能为谁发现任何朋友作为引导者。”“我这样使别人窥见他们,以便他们知道真主的诺言是真实的,复活的时刻是毫无可疑的。”“真主是最知道他们逗留的时间的。唯有他知道天地的幽玄。他的视觉真明!他的听觉真聪!除真主外,他们绝无援助者,真主不让任何人参与他的判决。你应当宣读你的主所启示你的经典,他的言辞,决不是任何人所能变更的。你绝不能发现一个隐避所。”

而陶菲格·哈基姆把这个山洞故事衍化成“洞中人”的悲剧,则着重渲染了剧中人物在时隔三百年后重新寻找自己与社会的联系并宣告失败的情节,表达了作家对时间与存在、人与时间、时间和空间关系的一种独特的理解,和当下西方电影人对于时间的理解有很大的差别。

爱因斯坦在其相对论中提出“时间膨胀”的理论,认为当速度超过光速时，人们便可以回到过去或进入未来。这种理论为许多人特别是电影人所接受。他们据此演绎出“时间机器”“时光转换机”和“时空隧道”等可借以超越时间的“工具”。于是产生了一批人类穿梭于过去或未来的电影作品。在《比尔和特德的奇遇》中，两个中学生为应付历史考试而设法回到过去，分别向圣女贞德、贝多芬、成吉思汗、弗洛伊德和林肯等历史名人请教；在《时光大盗》中，一位现代英国学生居然在游历中，见到了罗宾汉、拿破仑等人；《时光的狩猎者》中一位大学教授发现一张摄于19世纪末的照片上竟然有新式的自动手枪；《回到未来》则借助时间航车从上世纪80年代回到50年代，干预事情的发生，从而改变了命运发展的轨迹。类似的作品还有很多，《亚瑟王》《沉睡者》《时光倒流七十年》《佩吉·休要出嫁》《我的科学计划》《十二世纪来客》《核子母舰遇难记》《终结者》……要么借助时间机器，要么借凝神冥思的迷幻状态，回到过去或跨入未来。

所有这些，都是西方人对人类超越时间的现代演绎。而事实上，无论过去还是现在，跨越时空作为人与时间抗争的行为只能是无法实现的幻想。陶菲格·哈基姆剧作《洞中人》中所表述的与上述提到的许多电影作品恰恰相反：在人与时间的斗争中，不是人类战胜了时间，而是时间战胜了人类。人与时间的矛盾并不是可以轻易解决的。

人与命运的搏斗

如果人类在时间的转换过程中真的能够复活，实现生命的轮回，那无疑是一件好事，但对于《洞中人》的几个人物来说，复活只是一个令人丧失生活乐趣、重新回归死亡的沉重悲剧。牧羊人去寻找自己赖以生存的羊群。但他发现羊群是无论如何再也找不回来了。一切都改变了，一切对他都是陌生的，于是他断绝了继续生存下去的念头，离开这个不属于他的时代，回到山洞中死去。马尔努什在逃入山洞之前曾秘密地和一个女基督徒结婚，并生有一个孩子。他走出山洞的第一个目标就是寻找他的妻子和孩子。他从国王那里要了些钱币（他身上的钱是三百年前的古币）买了礼物要带给妻子和孩子，却发现老家已经成为一个兵器市场。他听人说儿子死的时候是一个六十岁的老人，可自己还是一个年富力强的青年，他感到脑子里乱极了，无论如何接受不了这样的现实，便也回到山洞中去。米什利尼亚则急于寻找自己的情人——达格亚努斯国王的女儿贝丽斯卡公主。他在国王塔尔苏斯的宫殿里欣喜地看到贝丽斯卡公主脖子上佩戴着他赠送的十字架。然而，经过细谈之后，他才知道，眼前这位贝丽斯卡并不是他的旧日恋人，而是和他的恋人长得一模一样的、名字也完全相同的现国王塔尔苏斯的女儿，他的情人贝丽斯卡是眼前这位年轻贝丽斯卡的老祖母。当他认识到这一点以后，受到了极大的打击，心中炽燃的对恋人的热情一下子冷却下来，最后亦郁抑而去，步同伴之后尘，踏上回归山洞的路途。

哈基姆在这里提出了人与时间的问题，实际上也是存在与时间的关系问题，并涉及人生意义的问题。陶菲格·哈基姆写过许多哲理剧，是一位颇具哲思的作家。他和德国哲学家马丁·海德格尔一样看到了“时间问题与存在问题及人生意义问题密不可分”（陈嘉映：《海德格尔哲学概论》），便对之进行了深入的思考。不同的是，海德格尔从哲学的角度对此作了理论的阐述，而哈基姆则把他的哲学思考融入文学作品之中，形象地揭示了这一问题的真谛。他在作品中向人们传达的是，一个人的生存是与社会紧密联系着的，是与其存在的时间和空间相联系的。一旦这种联系消失，人也就失去了存在的意义。人在其应生存的时间以后，生就是死，存在如同消亡，生命如同毁灭。因为失去了同外界的联系也就失去了人的价值所在，随之失去其生命的实质之所在。

牧羊人认为自己复活了，重新获得了生命，不幸的是他随后即发现他的羊群没有了，而羊群是牧羊人同现实世界联系起来的纽带，失去了羊群，也就断绝了与现实世界的关系。同样的，马尔努什找不到妻儿，米什利尼亚发现情人已变（虽然姓名与相貌外表没有什么区别，但人的实质已发生巨大的裂变），都使他们丧失了与现实世界联系的纽带。

他们所寻找的东西不仅是他们与现实世界的联系，也是一种价值所在，一种实实在在的生活的内涵。他们所寻找的东西分别象征着财产（羊群）、婚姻（妻子）、家庭（妻和儿）、爱情（恋人）和种族的延续等。所有这些正是他们赖以存在于社会之中的理由。然而，随着时间的流逝，这一切都随之消失，不复存在。这对他们来说不异于五雷轰顶，打击实在太大了。寻找生命与存在意义的过程是艰难而痛苦的。“我们整天在城里瞎摸索，问啊，找啊，绝望和希望交替地撕扯我的心。”尽管痛苦在加深、失望在加大，他们仍然努力地找寻，不肯放过最后一丝希望。

在寻找的过程中，一切都已变得陌生，语言和环境都发生了巨变。他们曾经生活过的环境荡然无存，他们曾经使用的语言不再适用，周围的人们听不懂他们的话语，他们也无法与别人进行交流。作家借马尔努什之口以形象的比喻描述了时空转换所导致的环境变化和他们的尴尬处境：“三百年过去了，现在这个世界完全是另一个世界，如同一个我们无法生存的汪洋大海，我们是海中的鱼，而海水突然由咸的变成了淡的。”遗憾的是“洞中人”们却无法由海鱼变成淡水鱼。他们认识到：“人们不理解我们，我们也不理解他们。那些人对我们来说是陌生人，即使我们穿着他们的衣服，也不能使我们成为他们中的成员。”外表的相似或相同并不代表一切，实质的存在才是至为关键的。他们成了一个孤立的存在，与现实社会迥然有别、格格不入。

在绝望中，马尔努什大喊：“新的生命！何用之有？单纯的生命毫无价值。失去了过去、失去了联系和根源的生命，毫无价值，等于虚无，甚至低于虚无。然而从来没有虚无，虚无就是绝对的生命。”从这里我们可以看到陶菲格·哈基姆关于存在的思索与萨特的《存在与虚无》、海德格尔的《存在与时间》里所表露的思想颇有一些相同之处。

感情战胜了时间

海德格尔有时称时间性为“此在存在的意义”，有时则干脆称为“此在的存在”；有时他说要从时间性解释此在的存在，有时则干脆把此在的存在解释为时间性。他说：“此在根本上由以出发去未经明言地领会与解释存在这样的东西的就是时间。”显然，人对存在意义的追问受着时间地平线的制约，“一切存在物的存在意义都必须从人的时间性的此在领悟这一中心出发去阐释”(胡经之主编：《西方文艺理论名著教程》)。“洞中人”的存在意义与他们沉睡之前的时代、苏醒之后的时间紧密相关。如果从此在领悟出发，“洞中人”的存在仍然具有意义，因为他们的心尚在，他们的理智尚在。但是，按照海德格尔的时间三维论看来，将来、曾在和当前作为时间的三维是立体的，而不是过去、现在和将来的简单连续(否则只是简单的一维)。洞中人的原始时间性一旦终结，便也失去其存在的意义，因为“原始时间性不是一道均匀流逝的长河，此在也不是随之前行的一样东西，会在某个时间点死掉，停止，被抛出时间”(陈嘉映：《海德格尔哲学概论》)。洞中人的此在的存在于他们昏睡的时候便在那个时间点被抛出时间。

因此“洞中人”在苏醒后要寻找存在的意义，首先要回到时间之中。于是他们发动了一场与时间的搏斗。尤其是怀着爱情的米什利尼亚，其勇可嘉。在牧羊人和马尔努什回到山洞之后，米氏仍在作最后的挣扎：“我们不是梦、不是梦。时间才是梦，我们是现实。时间是瞬间消失的影子，而我们是永存的，时间才是我们的梦，是我们让时间做梦。时间不过是我们想象和本能的产物。没有我们，时间就不存在。我们所具有的复合力量——理智，不仅是我们的有限肉体的组织者，也是衡量一切有限事物标准的尺度，是它创造了时间的标准。但是我们身上还有一种力量能毁灭这一切。我们不是一夜之间就度过了三百年，从而摧毁了一切限度、范围和标准的吗？是的，我们几个人能够勾销时间，战胜时间的。”

然而又是什么把他和贝丽斯卡分开的呢？是时间！洞中人曾经属于时间，属于历史。他们从历史中逃脱出来，回到了时间中。但他们马上就遭到历史的报复，遭到时间的报复。时间把他们当作可怕的幽灵来驱逐，把他们从时间的王国中赶出去。这场洞中人与时间的决斗以时间的胜利而告终。他们所居留的山洞象征着时间的监狱，喻示着人类不能在时间中获得完全的自由，时间是阻止人类获得自由的一种无形的强制性力量。时间和生死是严酷的客观规律。

洞中人与时间的搏斗，象征着人类与命运的搏斗。哈基姆在谈到《洞中人》的创作动机时曾说:“我的梦想是写一部建立在埃及基础上的埃及悲剧。我们知道,希腊悲剧的基础是‘命运’,即人与命运的巨大搏斗。但埃及悲剧的基础——在我想象中——是时间,它的基础是人和时间的巨大搏斗。”在作者看来,古埃及人一直是想以青春去与时间相抗衡的。在古埃及没有一座雕像是年迈与衰老的象征,所有的神、人和动物都是以年轻的形象出现的,都代表着青春。但是,就在古埃及显得十分年轻并将永远年轻的时候,时间把它置于死地,就像命中注定的那样,把死神降在了它的身上,古埃及人、古埃及王朝忽如一颗划过夜空的星星,湮没在历史的长河之中。

不过,《洞中人》的悲剧并非完全消极。作者在最后一幕中安排了一个富有戏剧性的场面:年轻的贝丽斯卡公主来到山洞看望奄奄一息的米什利尼亚,决定在他身边结束自己的生命。当她看到米什利尼亚真诚地爱着老贝丽斯卡,激起了她对这位“圣徒”的爱恋之情,并把自己认同为老祖母贝丽斯卡。于是这个世界不再是她的世界,这块土地不再是她的土地,这个时间也不再是她的时间,她要陪他死去,进入他的时间。在这里,感情战胜了时间。贝丽斯卡对米什利尼亚说:“自从我们第一次谈话,我仿佛觉得三百年前就爱上了你,我还将爱你一千年。”这种超越时间的感情重新赋予了米什利尼亚以生的欲望,在临终的时候给他以幸福的安慰。时间从过去流向现在,又从现在流向未来,不停地向前流去,却冲不掉人的情感,挡不住生死之间的思恋。在爱情超越时间这一点上,《洞中人》倒是与西方的

《时光倒流七十年》契合了。作者给米什利尼亚和贝丽斯卡的爱情赋予了超越时间的意义。这一爱情在希望与信仰中得到了肯定和实现，尽管带有天真的幻想，却也毕竟给人们留下了一点微弱的希望。

与时间同行

其实，陶菲格·哈基姆并不单纯只是为了阐释时间问题的哲理才创作《洞中人》这一作品的，他是要“通过流传的故事、神话以及散布在这些故事、神话中的生命力来阐述观念，并以此影射现实、反映现实”（艾哈迈德·海卡尔：《埃及小说和戏剧文学》）。作家创作《洞中人》的时代，埃及社会甚至整个阿拉伯社会正处于变革之中，殖民者的侵略和压迫给人民带来痛苦，却也给古老的东方带来新的观念，科学与理性的精神传了进来，日渐挤占迷信与盲从。然而新的价值体系尚未建立起来，旧的价值观念又时时缠绕着人们，循规蹈矩、陈陈相因、泥古不化地固守传统的现象充斥着整个社会。作家看到这种状况，颇有疗治的愿望，但在当时的环境下又不好明言，便借助他的作品来表达他的思想。他创作《洞中人》所显示的是隐藏在悲剧之后的意图。他似乎想告诉他的人民，谁要是秉持陈腐的联系、断裂的纽带和陈旧的价值观念来生活，是没有出路的。他提醒自己的同胞：生活在现代社会，就必须和时代一脉相承、息息相关，必须懂得并且不脱离现代新的价值观念。由此可见，陶菲格·哈基姆创作《洞中人》这一剧作，根本目的在于告诫人们不要过分囿于历史与过去，不要对过去踌躇满志、自我满足，躺在祖先的光荣簿上睡大觉，如果一味依赖古老的价值观念和思想意识而完全脱离现实，只会使自己的祖国与进步无缘，继续停留在愚昧与落后之中。

因此，陶菲格·哈基姆在《洞中人》中所反映的问题，不仅具有哲理，更重要的还在于它的现实意义。时至今日，它对我们仍不失其醒世作用。这一作品的生命力就在于哲理和现实意义的巧妙结合。

Ⅵ　科学精神与公平秩序的探寻

——读马哈福兹

从马哈福兹一贯的创作中可以看出，他是反对迷信，提倡科学与理性，主张走社会主义道路的。他“怀着对美好理想的向往与追求，站在历史发展的高度俯视人生，以朴实无华、真实生动的笔触，艺术地再现了埃及发展的现代化进程，表达他对国家、民族、人类命运的关注与思考”（高慧勤、栾文华主编：《东方现代文学史》）。另一方面，在考察人类社会的发展历史的过程中，他发现了社会秩序的变化与人们对公正社会的追求是永不止步的。

“科学是现时代的宗教”

他的基本立场是从大学时代建立起来的，首先受益于他的老师萨拉麦·穆萨,一位偏向于现代西方文明同时又对古代埃及文明情有独钟的"新型革命者"、文学家、思想家。马哈福兹从这位进步开明的老师那里吸收了创新的倾向和对现代文明的期望,对社会公正思想的热衷和从法老文化的根源中寻求埃及个性的重视等各种思想。

马哈福兹文学创作初期的三部发轫之作——历史小说《命运的嘲弄》《拉杜比斯》和《底比斯之战》正是他接受萨拉麦·穆萨思想的突出表现。他在这些小说中以古埃及历史文化为背景,采用借古讽今"春秋笔法",对当时英国殖民主义者和奥斯曼土耳其人的外来侵略和统治进行抨击,表现了反对封建压迫和对幸福理想的向往。

在随后以现实主义手法写出的社会小说,尤其是《宫间街》《思宫街》《甘露街》三部曲中,马哈福兹一方面批判传统观念对人们的束缚,另一方面明显表现出传统与现代化的冲突。在三部曲中,一家之主的贾瓦德对妻子、儿女实行严厉的封建家长式的统治,是宗教制度的卫道士。第二代人身上则明显地体现了时代发展的影响和作用,特别是小儿子凯马勒的成长过程颇为曲折。小时候的家庭熏陶使凯马勒笃信宗教,但在激烈的时代变革中,他的思想发生了很大的变化。大学时期接触了西方的新思潮,特别是对达尔文进化论和哲学的研究动摇了凯马勒对宗教的信仰,他放弃了儿时献身宣传真主事业的理想,转而趋向新的宗教——科学,追求自由真理,追求真善美。尽管严酷的现实对他产生很大的打击,有时使他对自己的追求产生怀疑，感到迷惘、苦闷，陷入感情、信仰的精神危机中，但在他身上旧的思想观念已打破。第三代人所表现出的新与旧的斗争则更加激烈。外孙蒙依姆成为穆斯林兄弟会的骨干分子，有着狂热的宗教激情，实际上代表着对传统文化的固守，而他的兄弟艾哈迈德却走上了革命的道路。艾哈迈德冲破门第，与印刷女工苏珊由相识、相爱而结成革命伴侣，共同传播社会主义思想，成了积极的马克思主义者。

三部曲描绘了这个大家族及其所处的混乱的环境，描绘了悲伤有之、欢乐有之的大大小小各种不同的事件，不仅反映了20世纪上半叶埃及人民反帝爱国的民族斗争，也体现了新一代人在西方新思想的影响下不断向保守势力和封建传统发起冲击的过程。新与旧的斗争结果，封建家长的绝对权威逐渐削弱，传统礼教与陈旧的价值观逐渐为新思想、新意识和新观念所代替。

在走向现代化的过程中，马哈福兹的思考逐渐突显出其强烈而又迫切的科学立场。这种思考在他创作的现代寓言小说《我们街区的孩子们》中达到了一个高峰。小说来用象征主义手法，以一个街区的故事寓示了整个人类社会历史的演进过程，反映了人类在追求幸福和理想的过程中光明与黑暗、善与恶的斗争，说明知识与愚昧的斗争必然导致宗教时代向科学时代的过渡，因为“科学是现时代的宗教”（乔治・托拉比虚：《纳吉布・马哈福兹象征主义之旅中的真主》）。

马哈福兹意识到宗教是东方人建立价值观念的支柱。在这部小说中他试图借助宗教的途径进入人们的精神世界，以便在建立价值观念的过程中“将我们生活中最大的支柱替换成另一支柱”，走向通往文明世界的道路。“纳吉布·马哈福兹试图用以替代旧支柱的新支柱便是科学。正因为如此，当《我们街区的孩子们》于1959年9月21日至12月25日间每天在《金字塔报》上连载时，引起埃及保守势力派的极大恐慌”（加利·舒克里：《归属：纳吉布·马哈福兹文学研究》）。由此而引起的争议许多年来一直是埃及文坛最受关注的公案。

对《我们街区的孩子们》截然不同的解读成了接受美学理论在埃及与阿拉伯文学界最为典型的一个范例。接受美学理论认为，艺术作品的审美价值并不是客观的，而是与读者的价值体验紧密相连的。一部新的文学作品无法以绝对新的姿态在信息真实中展示其自身，而是通过预示、暗示和特征显示预先为读者过去的阅读记忆作引导让读者进入特定的体验中，并唤起他的期待。而后读者的这种期待便在阅读的过程中被激发起来并得到实现，或重新定向而得到改变。最初的阅读积累衍生出一整套的联想，这些联想用来解释新阅读的内容，而新阅读的内容又会反过来改变最初的理解。因此，每个读者天资、经历和修养不同，便会从作品中解读出不同的意义。阅读《我们街区的孩子们》的读者很多，但基本上可以归为两大类：一类是更多地融入现代社会的、倾向于世俗主义思想的普通读者；另一类则是宗教意识浓厚的、在很大程度上拒斥西方新思潮的读者。

在普通读者看来,《我们街区的孩子们》是从人类发展的角度,思考通向理想境界的道路。它和马哈福兹后来创作的《平民史诗》同样是作家对知识与公正理念的具化成形。从这个意义上讲,《我们街区的孩子们》仅仅是描写了几代人为实现梦想而斗争的故事:老祖宗杰巴拉维在沙漠边开垦了一片地,建立了街区,之后便“躲进小楼成一统,管他冬夏与春秋”,在大房子里深居简出,隔断与外部世界的联系,成为后代子孙们心中永恒的谜。第一代子孙为获得父亲的恩宠而耍奸弄滑,结果都被逐出家门,失去了原先优裕赋闲的生活。第二代子孙杰巴勒带领一群深受恶棍头人强征暴敛之苦的民众,用武力夺回了被剥夺的继承权,恢复了街区的公正秩序。第三代子孙里法阿则采取了完全不同的生活方式,对幸福的观念有着自己独到的理解,放弃对财产、力量与威望的追求,而以疗疾治人、驱邪制魔为乐,过着一种去贪欲、消仇恨的充满友爱精神的生活。第四代人高西姆重走杰巴勒的老路,在老祖宗的启示下率领受压迫的人民上山习武,与残暴的头人做坚决的斗争,终于回复了街区的太平景象,使杰巴拉维的子孙重又获得平等的权利。第五代人阿拉法特为拯救人民而潜心研究魔法,为消除长久以来积存在人们心中的迷惑,揭开老祖宗之谜,他潜入大房子,失手掐死了仆人,炸死了老祖宗。

另外一些读者则认为《我们街区的孩子们》中的各代人分别象征人类始祖亚当,宗教时代的摩西、耶稣、穆罕默德和现时代的科学与知识,认为该小说是“对大闪族的各种宗教进行编造”。保守势力据此而将渎神的罪名加诸马哈福兹身上。

一些宗教情绪高涨的评论家更是详细地分析了小说的各种细节，从中找出马哈福兹渎神的证据。他们认为第一代子孙伊德里斯（Idris）是魔鬼易卜利斯（Iblis）的谐音，而艾德海姆（Adham）则是亚当（Adam）[①]的代名词。小说开头部分写到老祖宗杰巴拉维选择艾德海姆代替伊德里斯，被认为说的是上帝（真主）选择亚当取代魔鬼一事，因为在《古兰经》中提到“我必定在大地上设置一个代理人”。而伊德里斯的抗辩之词“我和我的兄弟是良家妇女所生，而这个人只不过是黑女仆的儿子”，被拿来比附《古兰经》中魔鬼所说的话：“我比他高贵；你用火造我，用泥造他。”杰巴拉维说艾德海姆了解佃户的情况，知道他们中大部分人名字，还能写会算。这一情节则被拿来与《古兰经》中所说的“他将万物的名称，都教授阿丹，然后以万物昭示众天神”进行比较。评论家还指出，艾德海姆后来在妻子乌梅妹的怂恿下去偷看遗嘱而被双双逐出大房子，暗喻亚当夏娃因偷吃禁果被赶出伊甸园。乌梅妹（Umaymah）这一名字也被拿来分析，认为它是阿拉伯语里母亲（Umm）一词的指小词，暗指乌梅妹为人类的第一位母亲。

第二代人杰巴勒则被看成是摩西的化身。他们首先从字义上分析“杰巴勒”一词：它的意思是“山”，而摩西便是在西奈山上接受上帝的启示的，说明两者之间是有联系的。有关杰巴

① 《古兰经》中的阿丹。

勒的描写在这些读者和评论家看来也与摩西的故事有不少吻合之处。如杰巴勒住在耍蛇人巴尔基忒家里，帮助耍蛇人的两个女儿沙菲卡与赛伊达汲水，并且与沙菲卡结婚成家，这颇似摩西与牧羊父女的故事；杰巴勒带着妻子悄悄回到街区后对大家讲述自己在黑暗的沙漠中听到老祖宗杰巴拉维的声音，则可对应摩西接受上帝启示一事；杰巴勒施展从岳父那里学到的魔法，消除了恶头人放进哈姆丹家族各居所的毒蛇，则有着摩西用手杖与法老斗法的影子；哈姆丹家族在杰巴勒的带领下挖掘深坑，诱得恶头人落进陷阱，然后水淹土埋之，颇似摩西率领以色列人出埃及时法老追兵被淹，而以色列人安全渡海的神迹。

第三代人里法阿在这些读者看来是耶稣的象征。在里法阿的身上有不少耶稣的影子。如里法阿虽是木匠沙菲仪和妻子阿卜黛的儿子，却长得与传说中的老祖宗的相貌最为相似（基督教徒相信耶稣乃上帝之子）；他主张非暴力，向说书人的妻子学魔法为穷苦人治病，驱除他们身上的邪魔秽气；他不受妓女雅斯敏的诱惑，但为解救她舍却与头人的女儿定亲的机会而与她结婚（耶稣与妓女的故事）；他还收留了四个改邪归正的人跟随他走四方，治病救人（耶稣的十二门徒）；最后雅斯敏背叛他，向恶头人告发里法阿及其追随者的计划，导致里法阿被抓住并处死（犹大背叛耶稣，致使耶稣被钉死在十字架上），等等。

《我们街区的孩子们》具有象征意象与象征意义这一点，对于持有不同期待视野的读者——无论是世俗主义者，还是伊斯兰主义者;无论是阿拉伯的读者,还是西方的评论家都是毋庸置疑的。这是由作品的内在规定性决定的。但究竟象征什么意义,不同的读者则有截然不同的看法。

对于世俗主义的读者而言,正像接受美学理论的建立者姚斯所说的那样:“美学作品不以为人知的审美形式打破读者的期待,同时向读者提出宗教或国家认可的道路所无法问答的问题……它能冲破占统治地位的道德的禁区,为人们生活实践中出现的道德疑难提出新的解决方案。”对马哈福兹小说的阅读和接受赋予他们对世界的一种全新感觉,从宗教和社会的束缚下解放出来,使他们既能顺着马哈福兹的视角看到人类社会发展的另一个侧面,看到谋求社会公正的艰难和科学知识的重要性,又使他们看到实现的可能性,为他们开辟新的愿望、新的要求和新的目标,为他们打开对未来经验之途——科学的道路。

另一读者群的期待视野则恰恰相反。这些人所需要的正是要把正在走向世俗化的社会拉回到固有宗教的轨道上去。因此,他们看到的便是创作主体亵渎神灵、反宗教的一面。马哈福兹“这种象征语言的缩微导致了对他的指控:轻视和嘲讽众先知及其使命……暗讽所有的宗教使命在实现人类公正与幸福方面的失败”。在他们把小说的人物形象与宗教人物对应起来之后,他们把小说的各种情节全都看成是宗教人物的言行。如他们把里法阿、高西姆看成是耶稣和先知穆罕默德的象征,那么在读到里法阿与妓女雅斯敏结婚后不能生育时,他们认为这是对耶稣性无能的嘲讽;而在读到高西姆在新婚之夜喝酒、吸食大麻的情节时，他们认为这是对先知穆罕默德的亵渎。

这样的解读方法和结果必然把作者推进渎神的群落中去。问题在于，这一读者群并非完全以艺术审美的正常方式来阅读这部小说。按照审美的规律，主体的能动性、个体性、体验性中存在着一种内在制约性，集中表现在审美客体中艺术形象或艺术意境的形式结构对主体的定向导引上，它使得接受主体（审美欣赏者）的再创造不至于出现随意性、非理性以及伪审美性。但是这一读者群浓厚的宗教意识恰恰使他们的阅读、接受过程呈现出极大的非理性和随意性，因为他们把《我们街区的孩子们》当成宗教史而非文学作品来读。

马哈福兹本人曾对此提出抗议："《我们街区的孩子们》的问题是：我从一开始就是把它作为'小说'来写，而人们却把它当成'著作'来读。小说是既有事实又有象征、既有现实又有想象的一种文学构成……不能把'小说'判别为作家所相信的历史事实，因为作家选择这种文学形式，无须保持历史的原貌，他只是在小说中表达自己的意见。"

评论家拉贾乌·纳卡什为马哈福兹辩护："如果纳吉布·马哈福兹写宗教文章，那么像他那样对宗教了解得细致、深刻而又全面的作家，难道会忽视古代法老的宗教，或忽视在中国、印度、东南亚有着亿万追随者的佛陀和孔子吗……纳吉布·马哈福兹对生活其中的时代和对时代发生巨大影响的力量有着强烈的意识。如果他要写宗教，决不会忽视佛教与儒教。"该评论家在这里明确指出了作品的文学性。

众所周知，马哈福兹是一位作家，而非学者，更不是历史学家。他显然不是在撰写宗教史著作，而是和其他所有的作家一样借文学的形式表达自己的意见。富有讽刺意味的是，马哈福兹似乎预感到写作将会为自己招灾惹祸，曾在三部曲中借印刷女工苏珊之口说过这样一句意味深长的话："写文章，清楚、明白，直截了当，因此是危险的。至于小说，则有数不清的花招，这是一门狡猾的艺术。"始料不及的是，尽管他"狡猾"地躲进小说艺术中，耍了很多"花招"，却终于没能躲过自己早就预见的危险，在年近耄耋之时遭到血光之灾。

不管怎么说，作家的确是在作品中提出自己对社会的看法，试图理清阿拉伯社会乃至整个人类社会生存与发展问题的症结，以便找到解决的方法，提供未来道路的可能性。他在《我们街区的孩子们》中所提供的以科学代替迷信的思路，在一定程度上是他对社会悲剧与存在的危机进行长期思考的结果。

社会悲剧与存在的危机

纳吉布·马哈福兹从始至终都把自己的创作与社会紧密地联系在一起，考察社会发生的各种现象和出现的各种问题。这一点，从他创作的初期就开始明显地体现了出来。在他的青年时代，埃及社会处在殖民主义者和本国黑暗势力的双重压迫下，社会动荡不安，人民生活困苦艰难。对于社会上层的黑暗、腐朽与丑恶，马哈福兹从一开始就在自己的作品中不遗余力地予以揭露。

如果说他在最初的三部长篇小说中以浪漫主义手法隐喻性地表达了对统治者的不满，那么他在这一时期的短篇小说则是以现实主义手法直接对社会不公正现象进行批判。埃及的文艺批评家艾哈迈德·海卡尔（曾任埃及文化部长）对此评价颇高："事实上，由于这些抨击帕夏、贝克和王公大臣的小说，纳吉布·马哈福兹被认为是对旧时代的腐败表示愤怒谴责的革命文学先驱之一。同时，由于他在小说中体现了阶级社会的弊端，表明对穷人和劳动人民的同情和对封建主、资本家的抨击，他被认为是在现代埃及文学中最早为社会主义现实主义铺路的人之一。"

1930—1940 年期间，埃及发生严重的经济危机，社会各阶层均受其苦。中产阶级则首当其冲，在政府部门工作的普通职员们那点微薄的工资也面临被切断的威胁。大量的失业使人们的生活陷入窘境。对此，纳吉布·马哈福兹深有感受，集中地表现在他第二阶段（1945 年起）创作的长篇小说《新开罗》《汗·哈里里市场》《梅达格胡同》《始与末》和《宫间街》三部曲中。他发现在强大的外部压力下，人们面临着生存的紧迫问题，由此产生了一系列的社会悲剧。于是，他在自己的这些作品中，刻画了各种悲剧性的形象。

马哈福兹描写的悲剧性形象首先是那些想方设法往上爬

的人。尤其是许多出身中产阶级的年轻人，他们的心中既怀有对未来前途的忧虑，同时也充满了野心，经常试着要爬向社会的更高层。在《始与末》中，主人公侯斯奈尼渴望脱离自己所生活的那个阶层向上层社会迈进，但没有多少现成的物质条件帮他实现自己的愿望。于是，全家人的努力都为了帮助实现他的目标。一个兄弟为了帮助养家而过早地放弃了学业，另一个兄弟为了挣钱而走上了贩毒的道路，而收入微薄、当裁缝的姐姐只能以出卖肉体换来的钱来支付弟弟的军官梦。侯斯奈尼为了达成与上流社会的联姻，不惜甩掉青梅竹马的情人，但他在上层社会的道路上越来越接近目标时，却突然发现自己的姐姐已变成一个妓女，他的大哥因贩毒而受到逮捕的威胁。一切真相大白，他的梦想破灭了，只好饮恨自杀。

《新开罗》的主人公马哈朱布·阿卜杜·达伊姆也是这种类型的悲剧性人物。他和怀了孕的大臣情妇结婚，为之遮丑，以此换取大臣秘书的职位，并希望借此机会往上爬。但他始终未能挤进上层社会，反而落得身败名裂的可悲下场。

马哈福兹颇有力度地描绘了这类典型人物：他们缺乏机会、缺乏物质基础。在痛苦的竞争中，他们不付出高昂的代价便无法向前迈进一步，只有踩着别人的尸体，或在不断丧失一切的情况下才能往前走。作者通过这些试图往上爬的人物群像描绘了个人的悲剧，同时也揭示了整个社会的堕落。这个社会对于那些不惜以任何代价换取成功的人才有价值，但他们付出的代价往往是身败名裂，甚至是姐妹、妻子的贞操，得到的却是没有原则、没有良心的肮脏生活。

这种堕落的悲剧往往与另一种可以称之为“经济弱势”的悲剧联系在一起。当一个人在经济上很困难的时候，便容易屈从于比自己经济实力强的人。《梅达格胡同》的女主人公哈米黛便是这样的一种悲剧形象。她是一个普通的女孩，美丽而温柔，但是生活极端贫困。深爱着她的年轻小伙子阿巴斯・侯勒维同样穷得难以自保。为了挣钱娶妻，阿巴斯只好离开自己的心上人，去苏伊士运河同占领军一起工作。在他离开期间，哈米黛成了有钱人的猎获物，沦为一个出卖肉体的廉价舞女。那个把她带上邪路的男人有钱，但对她没有感情可言；而她的心上人对她有感情，却没有钱。

这不只是哈米黛的故事，而是任何一个社会中无法正常获得生活机会的人都难以摆脱的悲剧。有人认为哈米黛不单纯只是一个普通女性的形象，而是整个埃及的象征。她的悲剧就是埃及的悲剧。从某种程度上讲，这种说法是有一定道理的。《梅达格胡同》故事发生的年代，正值二次世界大战期间。马哈福兹很可能以哈米黛象征当时埃及的悲剧，象征埃及的弱势与堕落。哈米黛因极端贫困而堕落，埃及也同样由于经济崩溃而受到英国人的控制，从而影响了埃及的个性与作为。据说当年曾有一位国家领导人这样描述：“埃及已经准备好出卖、再出卖，出卖任何东西，出卖所有的一切。”这部小说中，作者极其艺术地通过个体的遭遇，剖析了整个社会的悲剧。

马哈福兹还描述了另一种类型的悲剧，即知识分子的悲剧。这些知识分子生活于一种极端矛盾的状态中，这种矛盾直接导致了他们的悲剧。由于有较高的文化修养，他们对现实有着清醒的认识，因而拒斥普通老百姓所秉持的传统价值观，但他们又无力以他们的思想去改变现状，结果是他们游离于传统的生活之外，渐渐与现实相隔离，深深地陷入自我的情感世界和思想之中，备受寂寞、孤独、枯燥、烦扰的煎熬。

《汗·哈里里市场》中的艾哈迈德·阿基夫就是典型的知识分子形象。为养家糊口和支持弟弟上学，过早地辍学就业，并忍痛割断初恋的情丝。后来他暗恋上邻家姑娘，不料又被自家兄弟捷足先登，只好躲进自己的情感角落，痛苦地以自我牺牲的精神来安慰自己。他勤勤恳恳地工作了二十年，却仍只是一个八等文官，终于认识到高官与荣华不过是欺诈与荒谬的顶点，便默默地忍受不公正的待遇，虽然不满自己的现状，却也不去奋力抗争。

三部曲中的凯马勒也是类似的知识分子典型。他是属于在东西方文化撞击中迷惘困惑的一代。新思想与旧观念、传统价值观与西方现代思潮同时并存于他的头脑中，但他无法将它们理清。他崇拜一位很摩登的、接受过西方教育的贵族小姐，热烈地爱上了她，但阶级的差异使他对婚姻的憧憬仅仅成了一个美丽的梦。他由此体悟了现实的严酷性，从而把自己锁闭在书籍与写作这样一个脱离了现实与社会的空间里，以宣传新思想聊以自慰。

凯马勒与艾哈迈德·阿基夫一样，属于一群没有归属感的知识分子，在经受了感情的创伤之后，便渐渐地失去了与现实的联系，在孤寂中彷徨、徘徊。他们的悲剧在于他们有文化、有知识、能思考，对事物有着清醒的认识，然而却不能以其所获取的知识去做点什么，也无法以自己的文化素养而获得内心的平静。

马哈福兹透过埃及20世纪30年代末、40年代初的重重灾难，看到了生活中的种种悲剧。他从社会的层面看到了生活中充满着贫困、愚昧、奴役、暴力和野蛮等许多人为的悲剧，并试图找到解决这些悲剧的道路和方法。在他看来："这是一些可以解决的悲剧，因为我们在解决悲剧的过程中创造了文明与进步。这种进步甚至可以减轻悲剧的根本性灾难并战胜之。那么，解决社会悲剧或许可以最终解决或减轻存在的悲剧。不管怎么说，它赋予生命以意义，使我们值得为之活下去。"

从社会的悲剧尤其是知识分子的悲剧中，马哈福兹又看到了存在的危机和悲剧。他认为："既然生命的终结是束手无策与死亡，那么，它就是一种悲剧。这种悲剧无论是令人伤心哭泣的，还是令人开颜欢笑的，终究是一种悲剧，甚至对于那些视生命为走向来世之通途的人来说也一样……如果我们把生命作为存在来思考，它便被掠夺了一切。只剩下存在与虚无。"

马哈福兹清醒地认识到：介于出生与死亡这段短暂的时间里，人类常为疾病、饥饿和面包而挥洒泪水，为知识、愚昧和种族问题而黯然神伤。从开始到结束，从出生到死亡，人始终无法理解他们存在的秘密。那是一种无可解析的荒诞的东西。

这样一种悲剧，是开端的悲剧。而后人类又无法抗拒在他们的生命旅程中随时都会将其消灭掉的可怕的大怪物——死亡。这是结局的悲剧。存在的荒诞性与无可避免的宿命两个各具特色的方面共同构成一个完整的悲剧。

马哈福兹笔下的那些悲剧性人物都是在命运的驱役下朝命运预设的方向行进，根本无法抗拒命运的安排，摆脱不了命运的嘲弄。在他的作品中，这种命运并非完全神秘不可解的东西，而是活生生的外部现实的力量。它使作品中的人物无法控制自己的未来和结局，除了继续往前走之外，别无选择，基本上失去了行动的自由。如《梅达格胡同》的男女主人公阿巴斯和哈米黛所等候的便是一种无可逃避的命运。“尽管他们内心整齐有序，不知伤心忧虑为何物，但现实本身把他们引向灾难与毁灭。”男女主人公起初都处于一种平静祥和自然的氛围中，然而外部社会以其强大的腐蚀力和瓦解力把他们拉出“梅达格胡同”，拉到了外面的世界，并逐渐把他们引向那注定的结局，走向毁灭与死亡。《汗·哈里里市场》《新开罗》《始与末》和《宫间街》三部曲中所描述的悲剧也基本上是这种逻辑：社会现实把悲剧引向必然。

在马哈福兹看来，对生命从开始到结束的绝望是围绕《真主的世界》的一个大真实。总体上说马哈福兹是乐观的而非悲观的，但对于存在悲剧的基本构成——荒诞和宿命，他曾多次指出，那是不容乐观的。因为以科学与人类理智的本性是无法理解存在的秘密的，它完全超出了科学实践的区域，最终超出唯物方法的知识范围而归入形而上学的范畴。尽管如此，作家回过头来，反而从这一绝望中汲取想象的力量，使人类在开端与结局之间、在荒诞与宿命之间生存下去。作家对于狰狞的存在悲剧的反应，是小心翼翼地在其人性范畴内将社会悲剧消解。如前所述，马哈福兹执着地肯定：我们的悲剧是我们理解不了悲剧的各个层面。命运并不宽待人类呼吸的时间，所以，我们如果从社会的层面去理解悲剧，就应该赶快将它消解掉，使我们的存在获得一种意义。

实际上，《我们街区的孩子们》涉及了人类意识与人存在之谜的关系问题。通过社会主义的方式解决历史上的社会争端（将财产平分给街区的居民）宣告了与存在的秘密进行斗争的开始。马哈福兹在这部巨著中暗示：全人类都将变成“魔法师”（科学家），也许就能将谜解开（即认识上帝、了解杰巴拉维的秘密）。

街区的孩子们一直对老祖宗杰巴拉维的事情茫然无知：他究竟存在不存在？代表知识与科学的阿拉法特试图揭开老祖宗的秘密，大胆地闯入老房子，但老祖宗却宣布自己喜欢阿拉法特，对其行为表示满意，宣称阿拉法特及其效仿者终有一天将了解他的真相。这很清楚地喻示着：科学将通过社会主义的方式从社会层面解决人类的悲剧，而知识亦将在其漫长的道路上解开大秘密，达到真主（上帝）那里，达到真理那里，到达存在的核心。

作家在这里重新塑造了古希腊那个古老的神话：那只可怕

的野兽在城门口向每一个想进城的人提问,谁答不出来,便将他吞掉,直到来了一个聪明人将谜解开。但正如诗人所说的,这只不过是悲剧的开始。而对马哈福兹来说,这是重返失乐园和生命的开始。

重返失乐园

马哈福兹把《我们街区的孩子们》中的大房子描绘成"失去的天堂"。大房子里的人过着一种无忧无虑、悠闲舒适的美妙生活,无须为生存而苦苦劳作,无须为未来而烦恼忧愁。艾德海姆与乌梅妹因试图打探藏在大房子一个房间里的秘密而触怒了老祖宗杰巴拉维,被双双逐出大房子,流落于荒僻的沙漠之中,过着艰难困苦的生活,永远地失去了那曾经处身于内的乐园。在此之前,艾德海姆在大房子里除了吹笛娱乐以外,别无他事来烦扰。他在吹奏笛子的时候常感觉到似乎是在找寻某种东西。"这种东西是什么呢?笛子经常就要回答了,但是这个问题一直没有答案。"

如果说伊德里斯作为杰巴拉维的一个孩子被逐出大房子,是因为冒犯了自己的父亲,那么艾德海姆及其妻子乌梅妹被逐出则有着更重要的原因,即他们俩想"知道"秘密,想要从"无知"的桎梏中解放出来。从某种意义上讲,知识对于艾德海姆和乌梅妹而言就是自由,而对自由的欲求则是对他们紧随不舍的诅咒。

《我们街区的孩子们》是马哈福兹写完三部曲辍笔思考长达六年之后推出的第一部作品。在此后的多部小说中，作家已由原先对社会悲剧的关注转向对存在与意义的探究，转到现代人面临危机时所进行的自审。这是新的形势变化对马哈福兹的触动。1952年埃及爆发革命，推翻了王朝的统治，赶走了殖民主义者，建立了独立的共和国。新的国家政权推行了以国有化政策为主的一系列措施，使埃及发生了天翻地覆的变化，呈现出一种全新的面貌。但是新形势下也出现了新的问题，特别是传统的社会阶级关系发生了巨大的变化，如何调整自我在社会中的价值与地位，如何面对新生活并跟上时代的脚步，成了摆在所有埃及人面前的新课题。马哈福兹通过自己的观察与思考，作出了自己的回答。

他首先从其新的立场出发，开始审视人类的内心，审视人的良心和理智。从《小偷与狗》《鹌鹑与秋天》等小说中可以看到，马哈福兹以前的作品中那曾蛮横地从外部社会把命运强加于人的悲剧的必然性已消失，悲剧的基本成分已被人物内心的运作取代。是他们自己以内心的紧张、不安和心理痼疾把自己推向悲剧。马哈福兹过去描述的悲剧中的旧式主人公是牺牲者的角色，是外部的力量把他们引向消亡；而现在，新的主人公自身迈脚走向悲剧，自己主动把绞索套在自己的脖子上，他们可能因为一句话、一个字而自杀。也就是说，现代人面临着自我存在的危机，面临着思想上的危机。

作家从现代人所面临的危机、从存在的荒诞性中看到了意义的丧失。这种意义的丧失典型地体现在《尼罗河上的絮语》所描绘的知识分子群体身上。马哈福兹顺着主人公艾尼斯的视角去透视一群激进知识分子革命后的心态。这些人分别从事小说家、文艺批评家、翻译、电影演员、会计师、律师等各种职业。他们在革命后没有得到重用，似乎有一种被抛弃的感觉，成了一种“多余的人”，或“边缘人”。他们了解社会，洞察世事，对现实极为不满，却又无力去改变，失去了生活激情，连思考也变得没有意义。于是他们便逃避生活，常在工作之余聚在一起吸食大麻，天南海北地神侃，毫无顾忌地鬼混。对他们而言，一切都变得无所谓，爱情不过是游戏，放浪形骸便是自由，妄言狂语则是哲理。作家还在作品中多次以超现实主义的手法来描述存在的荒诞性，如在卫生部工作的艾尼斯用多笔书写的公文，拿到上司那里竟变成了一张白纸而受到训斥等情节，更加映衬了他们生活的无意义。

无意义的极致是终极意义和中心秩序的丧失。《我们街区的孩子们》中，老祖宗的死亡意味着终极意义的丧失。当阿拉法特闯入老房子以后，摧毁了街区的孩子们一直认为街区便是宇宙中心的观念，认识到街区只不过是一群乞丐、流寇和二流子的避难所，从而完成了对中心的消解。

在后现代主义的创作中，终极意义的丧失体现为对中心性、主体性和明晰性的消解。我们从马哈福兹的《米拉玛尔公寓》《镜子》《日夜谈》等作品中可以看到中心的解构、主体的消隐和秩序的丧失。在这些作品中，故事没有明确的主题，没有情节，没有真正意义的处于中心地位的主人公，人物群像代替了典型形象，一个个人物毫无秩序的出场构成了社会的原生态。

但是，人究竟是不能离开意义和秩序而生活的，因此，要重新找寻意义。《我们街区的孩子们》结尾处，阿拉法特试图以其魔法使老祖宗起死回生，或许可以理解为对宗教和信仰的重新要求。《道路》和《乞丐》则明显地表现出对失落信仰的寻找。两部小说的主人公虽然身份地位不同，一个穷困潦倒，另一个脑满肠肥，但都在寻找失落的信仰，探究生活的意义。可以说，信仰的失落、意义的丧失是一种普遍的现象，无论穷人，还是富翁，都同样面临着这些问题，全部陷于自我存在的危机之中。

《道路》的主人公萨比尔所遭遇的是“失去父亲”的悲剧。他按照母亲临终的嘱托四处寻找那位浪迹天涯的百万富翁父亲，但始终未能如愿。“失去父亲”的悲剧是他生活中产生各种问题遭灾惹难的根源。因此，他必须去寻找父亲。找到父亲便意味着找到幸福。但寻找父亲是一个漫长、曲折的过程，其间还会遇到各种诱惑。萨比尔曾一度放弃寻父的愿望，想不劳而获地得到金钱与幸福，与旅店老板的年轻妻子合谋杀害其夫，以致身入铁窗，方又重新开始寻找父亲的努力。故事寓意着对人生道路的探讨，指出“路要用个人的努力去开拓”。

更深层的含义在于“父亲”一词的广义解释。正如一位批评家所指出的“父亲的问题在纳吉布·马哈福兹那里代表着一整套的价值和意义”。主人公正在寻找的正是上帝（真主）及其所代表的精神。"失去父亲"在小说的氛围中直接指向信仰的丧失。萨比尔所要找寻的实际上是充满生命的完整信仰，是照亮人生道路的光辉，以便把人类从环绕周遭的黑暗中带出去，重新恢复信心，重建内心的和谐，超越物质和肉体，从而获得真正的尊严和幸福。

作家在新阶段的创作中所思考的问题，实际上正是他借《尼罗河上的絮语》中的人物萨马拉计划写作一出戏的主题所表达的：

> 她的思想围绕着对荒诞的严肃性。荒诞就是失去意义，失去任何意义。那是信仰——对任何东西的信仰的崩溃。在生活中行进，独为需要所驱动，没有满足，没有真正的希望……所有的价值都死去，文明走到了一个极点。
>
> 在这个阶段，需要研究的是玩世不恭的信徒的问题。他们身上不乏信仰，但是他们在实际生活中的行为却是游戏人生。如何对此进行解释呢？它是否是对宗教的一种误解？抑或是在最恶劣的各种机会主义和剥削之帷幕下实践的一种不真实的信仰，一种例行公事式的无根的信仰？
>
> 至于严肃性则意味着信仰。但是，信仰是什么呢？光知道我们该信仰什么是不够的，而必须使我们的信仰拥有真正的宗教信仰的真诚和创造英雄气概的惊人能力，否则，便只是一种认真的游戏。无论信仰的是人，或科学，或

两者兼具，所有这一切都必然通过各种立场和行为表现出来。简而言之，这个问题就是，古代人面对荒诞而从宗教中寻找出路。如今，人又面对荒诞，出路何在？与人的交际，除非用其所能交流的语言，那就是科学。只有通过它才能肯定大、小真理。这些真理已被宗教以古代人的语言具体化。我们所要寻找的方法，则是用同样的力量，但以新的语言来肯定它们。

让我们从科学家中寻找一种榜样和一条途径。他们似乎从来没有坠落于荒诞之中。为什么呢？或许他们没有时间，或许是因为他们一直顺利地依赖一种证明行之有效的途径，与真理保持着联系，所以他们不易对它怀疑或对它绝望……真正的科学在道德退化的时代设定一种道德，那便是热爱真理、清廉裁决、虔敬工作、合作研究和自动准备好做一次人道主义全景观照的典范……

可见，马哈福兹是兼重科学与宗教信仰的。“他试图达到一个为人类修史的完整世界，将科学与宗教融合在一起。”并不像有些人所想象的那样，以为马哈福兹是完全反宗教的。他反对的是迷信，是宗教在某些方面对人的思想意识和行为方式的严重束缚。但对宗教与信仰作为一种善的价值观念和道德标准，他一直没有抛弃之。尤其是当他“穿过一种知识分子危机，失望地从现代文化发展的结果中走出去”时，“他所感受到的需求是一种确信，拥有从前宗教所实践的激情与力量”。

马哈福兹曾在《金字塔报》报社组织的一次关于“阿拉伯文化计划”的研讨会时致信与会者，说：“任何一项阿拉伯文化计划都必须建立在伊斯兰与科学的基础上。”后来当有人问起他的这一观点时，马哈福兹解释道：“我们所理解的埃及人，我们与之共同生活的埃及人和我在书中谈到的埃及人，都生活在伊斯兰教之中，实践其最高的价值，毫无喧嚷，也不多言。这一切意味着他们的纯正。宽容、说话诚实、勇于发表意见、忠于自己的立场和温暖的人际关系，这便是埃及人对他们的伊斯兰教明确的表达。但我在致研讨会的谈话中加上了必须接受科学，因为任何一个民族如果不以科学为基础安排他们的事情，那么在民族之林中将丧失其未来。我所有的书，无论新的、旧的，都遵循这两个轴心。伊斯兰是我们民族善之观念的源泉，而科学则是我们当前和未来进步、振兴的工人。”

除了宗教和科学这两个基本的轴心以外，马哈福兹还努力探讨社会正常运转的规律，我们发现他追求的是社会的公平与正义，只有实现了公平与正义的社会才能持续运转，否则统治社会的管理者必将遭到百姓的唾弃。

公平与正义的追求

马哈福兹的公平理念和对理想社会的追求在小说中的表现，被“阿拉伯之春”印证了他超前的思想意识。2011 年 2 月 25 日埃及爆发了反对穆巴拉克政权的大规模游行示威，从而掀起了被西方媒体称为“阿拉伯之春”的革命。尽管后来持续动荡的埃及局势和整个阿拉伯局势的变化让人们思考这是否一场真正的“革命”，有的人反而将其解读为“阿拉伯之冬”，也有人称之为“阿拉伯之秋”，但不管如何为这一场民众运动命名，这一动荡的局势打破了原有的社会稳定，从而也在文学评论界引起对一些作家喻示和预示革命的作品的关注，其中尤为引人注目的就是埃及前作协主席萨尔瓦特·阿巴扎和诺贝尔文学奖得主马哈福兹。

马哈福兹对公平社会的思考体现在《我们街区的孩子们》《平民史诗》和《续天方夜谭》等长篇小说中。在普通读者看来，《我们街区的孩子们》是从人类发展的角度，思考通向理想境界的道路。如前所述，从世俗主义的角度考察，该小说仅仅是描写了几代人为实现理想而斗争的故事，马哈福兹似乎在暗示我们：只要社会失去了公平和正义，尤其是统治者不能维持一个社会公平、正义的秩序的时候，那么发生革命、重新建构社会秩序便成为一种必然。

在后来接受采访的时候，马哈福兹自己承认是对社会现象的观察和对正义的思考促成了这部小说的创作：“《我们街区的孩子们》的基本宗旨，是描写对正义的伟大梦想及永久探求。小说想对一个核心问题做出答复：实现正义的武器，到底是暴力？还是爱？或者是科学？促使我创作这部小说的，是革命胜利后，具体而言是 1958 年前后传出的各种消息，这些消息表明：革命后出现了有着很大权势的新的阶级，以至于封建王朝时期的社会现象又再现了。这让我非常失望,有关正义的思想在我头脑中不断出现,这便是产生这部小说的首要原因。”既然社会需要公平和正义,那么由谁来维护和实现呢?是由领袖、英雄人物来实施?还是由平民百姓去贯彻?

马哈福兹在作品中给予我们的答案是两者都是重要的。如同一位西方的评论家在分析马哈福兹的另外一部长篇小说《平民史诗》时所说的:“马哈福兹在《平民史诗》中关注领导者的本性,英雄任务的塑造……同时也暗示普通人对英雄人物的创造与毁灭有着比自己想象中更多的责任。”

在《平民史诗》中,马哈福兹通过阿舒尔家族一代代人的故事彰显了正义的原则,表现了一种和平、有序的社会运行模式,尤其是第一代的老阿舒尔作为平民的代表即便在取得权力以后也遵守个人行为的正义,不做伤害别人利益的事情,限制自己的权力和财富,不侵犯他人,以一种合理的尺度对待所有人,尤其是善待穷人和平民,而对代表富人的绅士阶层给予限制,从而实现了社会的公平与正义:

> 他的行侠建立在前所未有的基础之上。他重操旧业,住在地下室里,手下的人都靠做工获得糊口之资。这样,无赖被消灭。只对头面人物和有能力的人征收税金,同时周济穷人和残废者。阿舒尔战胜了邻近各条大街的头领,我们这条街的声威空前盛大,势力扩大到其他地区,街内实现了公正、仁爱和平安。

如果说《我们街区的孩子们》和《平民史诗》更多关注的是社会重大的变动甚至发生革命的问题，那么，《千夜之夜》则聚焦在公平正义的缺失与局部重构社会秩序的关系。埃及作家苏莱曼·法雅德认为马哈福兹“最重要的关注点是统治者与被统治者的对立：国家政权、官僚体系、街区的权力斗争以及族长的控制”。在《千夜之夜》中，发生了那么多的凶杀案，大多是因为地区执政官的贪婪、腐败、滥杀无辜而激起了民愤，最终导致有人挺身而出，杀死失去了公平与正义的地区执政官。而国王山鲁亚尔走入民间的体验，感受到的也是一个失去公平和正义的社会状况：

> 山鲁亚尔站起身来，胸中心潮澎湃。在花园的长廊走着，天上繁星密布，地上黑暗重叠，他显得那么渺小。往事的种种声音又在他耳边响起。有胜利的欢呼，愤怒的咆哮，少女的哭泣，臣民的祈祷，伪君子的赞歌，还有讲台上的颂扬。这一切，淹没了花园里的所有声响。他看清了这虚假的荣耀，撕下破纸糊成的面具，露出来的尽是残暴、凶狠、杀人、抢劫的毒蛇。他诅咒自己的父母；诅咒杀人的打斗；诅咒诗和诗人；诅咒虚伪的骑士、国库的盗贼、居家的暗娼。他诅咒那些抢来的金银珠宝；诅咒自己把钱财挥霍在那些道貌岸然、寻花问柳、醉生梦死的人身上。

《千夜之夜》中的国王山鲁亚尔比起《一千零一夜》里的国

王山鲁亚尔更多地意识到了社会公平与正义的重要性。这恰好说明了马哈福兹借助《一千零一夜》来进行故事的全新演绎，正是为了表达自己的公平正义之理念。

公平与正义的思想不仅体现在马哈福兹的小说《我们街区的孩子们》《平民史诗》《千夜之夜》《法图麦游记》《卡斯泰米尔咖啡馆》等小说中，更是在他发表的许多文章中得到详细的解释。他曾在埃及最大的报刊《金字塔报》上撰文表达对埃及1952年“七月革命”带来社会公正的赞赏，他认为纳赛尔领导的自由军官组织发动的“七月革命”给埃及人民带来的最好礼物便是社会的公正，具体体现在革命之后建立的许多国有机构、公民享有的免费教育和其他的社会保障。在埃及革命领袖纳赛尔去世的第四天，《金字塔报》上刊登了马哈福兹的悼念文章，题为《天上的话语》。他在这篇悼念文章中所赞赏的纳赛尔的主要成就也在于他在某种程度上实现了埃及社会的公平与正义：

——全球都在为你送行，我为此而感到欣慰。

——我的欣慰，在于阿拉伯祖国的独立，和她牺牲的土地得到公正的解决。

——我最喜欢的道路，将是前往祭奠你的清真寺的道路。

——我的道路是正义，是通往科学和社会主义之路。

我们从马哈福兹悼念纳赛尔的这篇文章中可以看到，马哈福兹对纳赛尔这位领袖人物的盖棺论定主要就在于纳赛尔带领埃及人民实现了“公正的解决”，率领埃及人民走上正义的道路。当然，领袖人物必须具备带领人民走向公平与正义道路的领导力，而对于普通百姓来说也同样需要承担建设公平正义社会的责任。

马哈福兹对于公平正义主题的长久而深入的思考，使他强烈地意识到公平与正义对于社会平稳发展的重要性，同时也意识到革命与重构社会秩序的必然性，不知不觉中形成了对革命的预言。从这一意义上看，我们不妨也将马哈福兹看成是一位“革命的先知”。

在《平民史诗》中，残暴的头领使街区的秩序完全失去了公平和正义，失去了幸福和快乐的生活，广大平民终于忍受不了头领的残暴与不义，终于在小阿舒尔的领导下奋起抗争：

> 从参加的人数看，这是本街上空前未有的一场大规模斗争，其中平民百姓占了绝大多数。这大多数人突然结合起来，拿起棍棒，冲出房舍、店铺，发出惊天动地的呐喊声，撕破了罗网，什么奇迹都可以创造出来。头领宝座又回到了纳基家族手里，阿舒尔当了头领，由他组织的民团，第一次囊括了本街平民的大多数人，从此以后，没有发生过暴乱，平民紧密地团结在头领阿舒尔的周围，阿舒尔像一座雄伟的建筑物耸立在平民之间，人们用建设的眼光望着

它，全然没有毁坏的想法。

马哈福兹在《我们街区的孩子们》中已经表达了公平与正义的主题，但是他为什么又要创作一部主题相似的《平民史诗》呢？这恐怕跟当时萨达特总统上台以后埃及的社会状况不无关系。当时的社会意识形态、社会制度尤其是各种不正常的社会现象促使他再次思考公平、暴力与革命的关系。1977 年 1 月，由于食品价格暴涨而在埃及引发了一场城市边缘人口卷入自发性暴力事件，“这是 1952 年 7 月以来人民群众首次暴力反抗政府”。自此以后，埃及发生了多起暴力事件。1952 年的埃及自由军官组织发动的革命在纳赛尔的领导下取得胜利以后，埃及建立了和平、和谐的社会秩序，社会的运行进入了一种稳定的状态，马哈福兹感受到了新政府领导下的埃及人民幸福的生活，因此，他觉得既然社会问题都解决了，他也就完成了自己的使命了，没有必要再用自己手中的笔去反映社会的问题，基本处于封笔的状态，没想到这种公正、和平的社会秩序没有维持多长时间，埃及社会就又出现了许多不公正的现象。于是，这种社会状况再次引起他的忧思，促使他再次拿起手中的笔，为社会的公正而继续奋斗。《我们街区的孩子们》就是他封笔六年之后的新作。然而《我们街区的孩子们》1959 年在《金字塔报》上连载之后便遭到了保守势力的攻击，小说遭到查禁，不允许出单行本，一直到十年之后才在黎巴嫩出版了单行本。但黎巴嫩公开出版的单行本依然被埃及禁止。因此，普通的读者很难读到这本小说，自然也很难了解马哈福兹的公平正义思想。或许这是后来促使他创作《平民史诗》和其他同类主题的小说作品的动因之一。

如果说《我们街区的孩子们》侧重于整个人类的命运，那么，《平民史诗》则更像是他对 1977 年以后一系列暴力事件的预言。如前所述，埃及 1952 年革命以后第一次爆发暴力事件是在 1977 年，而《平民史诗》出版的时间就是 1977 年，那么马哈福兹创作这部小说的时间必然是在 1977 年之前，而他构思这部作品的时间则应更早。

阿拉伯的评论家也指出了马哈福兹的作品对于革命的预言。萨尔比尼·吴克苏里说道："我很急切地想谈谈文学家纳吉布·马哈福兹的《疗养期的梦》，它像纳吉布·马哈福兹的其他作品一样超越了时代，这些作品呼吁革命，作为人民的一种要求，去实现自由、公正和平等。他的作品超越了时代，预言、警示了革命——'平民'的革命。"

《我们街区的孩子们》的结尾实际上也是革命的一种预示："老百姓的一举一动或一句笑话，都可能招致毒打。街区被恐怖所笼罩。面对强暴，大家挺直腰杆，满怀希望，保持沉默。他们遭受迫害时，总是自我勉励说：暴政一定会结束，黑夜过去是光明。让我们亲手埋葬暴君，迎接光明的未来，迎接奇迹的诞生！"

有学者认为，马哈福兹在他的很多作品中都探讨了革命的问题，探讨革命发生的各种原因，有的作品是对革命原因的直接揭示,有的则是间接的反映和思考。“马哈福兹在不止一部作品中涉及这些因素,从《我们街区的孩子们》开始,不是直接的揭示,而在后来的作品里则进行了直接的探讨。”当然,更直接的表达还在于他的许多文章。他专门写过一篇《社会公正》的文章,认为必须满足一定的条件,才能创造社会的公正:“第一,民主,保障法律、政治、个人权利;第二,国家保护无产者免受有产者的剥削,保证必要的服务,为之创造、提供条件;第三,工作与生产的规划,以实现丰收。平等是富裕的平等,而不是匮乏的平等。”马哈福兹对于公正的理念明显带有社会主义的色彩。他对公平正义的大量思考是使他获得预感的重要来源。

在马哈福兹看来,革命并不是一劳永逸的,而是会不断发生的。只要社会偏离了公平与正义的轨道,革命与社会秩序的重构就是难以避免的。在中篇小说《卡斯泰米尔咖啡馆》中,他说道:“革命的列车从一个站台驶向另一个站台,取得无数的胜利,克服各种的障碍,战胜各种挑战。”在马哈福兹看来,革命不能一劳永逸地解决社会问题,因此,革命就会重复发生。而要避免革命的发生和社会的巨大动荡,就要维持社会的公平与正义。

诚然,马哈福兹的小说创作是埃及社会的一面镜子,无论是《我们街区的孩子们》,还是《平民史诗》,抑或《千夜之夜》等,都是对阿拉伯社会向何处去、阿拉伯社会如何发展的一种深入的思考。尽管这几部作品并不像他的其他现实主义风格的作品那样直接揭露社会的阴暗面,批判埃及社会的黑暗现实,但它们却以象征主义的手法更为深入地思考了人类发展过程中必然要面对的公平正义与社会变革甚至发生革命运动的深刻命题。我们只有揭开其作品的层层帷幕，才能看到马哈福兹真实的思考：公平与正义才是社会平稳向前的根本之道，一旦社会失去了公平与正义，发生革命则必将成为历史发展进程中的必然。

全面、细致地阅读过马哈福兹作品的人，都不难发现，马哈福兹的确是按照他自己所说的那样，以宗教和科学作为其创作的两个基本核心的。在许多人看来，对马哈福兹叛教的指控是很难站得住脚的，而对他的刺杀则是愚昧无知的表现，甚至简直是一场灾难。然而，由此所反映出的文学与现实的冲突是很值得人们深思的。

Ⅶ　苏菲的神秘世界

——读杰马勒·黑塔尼

杰马勒·黑塔尼是埃及当代著名作家，在西方文化市场也是一位受到关注的人物。他的作品被翻译成英、法、德、俄等欧洲语言，有的译本印数超过十万，这个印数对于一个来自东方世界的作家来说的确意义非凡。

黑塔尼在西方读者中如此受欢迎当然是有其原因的，但总的来看还是要归结于他者化的因素。最主要的当然是黑塔尼所表现的神秘的苏菲——独特的修炼方式和苏菲人的怪异的生活方式，而实质上，西方读者对黑塔尼的兴趣所在说穿了还是对阿拉伯怪诞生活的窥视欲。

不少学者认为阿拉伯没有小说传统，黑塔尼却从《一千零一夜》、阿拉伯史传、苏菲诗文、圣徒奇迹故事中找到形形色色的小说胚胎，其奔放无羁的想象力、独特的叙述方式、启示性的语言都极富艺术魅力，为阿拉伯现代文学提供了可资借鉴的经验。在诸多文学遗产中，黑塔尼慧眼识珠，深谙苏菲文化遗产的珍贵。他表示："虽然苏菲文学有些朦胧费解，但是苏菲的经验更接近艺术家的经验。我借鉴苏菲文学，不是为了标新立异引人注目。苏菲文学表达了内在的不安，是一种现成的形式，从中我找到了表达的自由。由此可以创造一种非同一般的艺术风格。""苏菲文学家吉利、哈拉智、古萨里、伊本·哈彦·陶希迪、伊本·阿拉比都是语言大师。语言对苏菲大师来说是一种寂灭、是存在的真实。虽然他们语言的水平参差不齐，但它是一种暗示不是直白；是一种启示不是说明。"他欣赏陶希迪表达直觉和灵性体验的能力，注意吸收伊本·阿拉比的表述方式，摈弃他对宇宙形而上的解释。

对阿拉伯-伊斯兰文化遗产的潜心研究，特别是对史传典籍、苏菲诗文和民间文学的阅读，使黑塔尼对建构一种以苏菲文化为核心的新的叙述模式产生了极大的兴趣。在借鉴苏菲文化方面，黑塔尼无疑是非常成功的，其作品的内容与形式都呈现出新颖脱俗的苏菲文学特点。

返回家园的旅程

从《宰阿法拉尼区奇案》开始，黑塔尼就在他的作品中引入了苏菲人物和思想，从此以后，他的创作重心便移向对苏菲文化的重构。《宰阿法拉尼区奇案》是一个阿拉伯的荒诞故事，描绘了人生世态和众生相。故事发生在一个近乎封闭的街区。一位著名的苏菲长老经七年闭门修炼后出世，为拯救混乱堕落的街区先后宣布了几项规定：男人在一段时间内将丧失性功能；街区将被咒语控制；居民不得吵架，要友爱宽容；统一早饭时间和内容。当然，街区的反应非常激烈，甚至引起国家和国际社会的关注。黑塔尼着意渲染的气氛和环境产生一种间离的效果，使人能从那近乎闹剧的故事中，看到与现实近似的人生，由此引发联想和思考。从这部作品，黑塔尼开始引入苏菲人物和思想，使他的小说向神话寓言的方向发展，成为他小说的一种过渡形式。

后来的《显灵书》则着重在思想上表现了苏菲的显灵观和天界观念。在显灵的状态下，"我"不仅看到了自己父亲的出生，还看到英雄人物纳赛尔的出生，甚至看到千年之前的宗教圣贤侯赛因的出生。在隐而不见的导师指引下，主人公乘彩虹升空，看到母亲生前遭受的苦难，也见到母亲病故的情形，还看清了自己被捕的前因后果。苏菲神秘主义的天界观念源于对先知穆罕默德登霄故事的坚定信仰。传说穆罕默德在公元621年的命运之夜（伊斯兰教历的7月27日）从麦加来到耶路撒冷，在耶路撒冷的阿克萨清真寺附近由天使杰卜拉伊勒引导，升上了七重天，分别见到各重天的主宰，即一重天的主宰伊萨（耶稣），二重天的主宰阿丹（亚当），三重天的主宰达乌德（大卫）和苏莱曼（所罗门），四重天的主宰伊德里斯，五重天的主宰哈伦，六重天的主宰穆萨（摩西）、叶哈亚和宰克里亚，七重天的主宰易卜拉欣（亚伯拉罕）、伊斯马仪（以实马利）、伊斯哈格和叶阿古布。到达七重天以后，天使停下来，而穆罕默德则继续向前直至安拉的宝座。见到安拉之后，穆罕默德回到麦加。这一传说为广大的穆斯林所信仰，苏菲修炼者对此更是深信不疑，有的苏菲教派甚至认为在自己修炼到一定的层次以后，能够与安拉合为一体，即达到所谓的“人主合一”的境界。

黑塔尼借用了苏菲的这种上界观念，仿借穆罕默德登霄旅程的传说，将主人公的旅程分为三个层次，或者说三个界层。第一个界层的主宰宰娜布是先知穆罕默德的妻子，由侯赛因和哈桑兄弟辅佐。主人公在第一个界层见到了父亲、侯赛因（穆罕默德的外孙，第四任哈里发阿里的儿子）和纳赛尔的人生历程及其对后世的影响。宰娜布在思念、希望与期待的大盆中为主人公洗心换心，反复以忍耐和满足清洗他的悲伤，然后给他的心里重新注入同情与怜悯。在这里他感受到生、死与生命的延续，对于人的悲哀、渴望、思念、慰藉等情感波动有了深刻的认识，并进一步了解遗忘的必然：“思念是遗忘的第一个台阶，慰藉是迈向遗忘的一个步伐。”而后在导师伊本·阿拉比的引领下进入了第二个界层，看到了父母的因缘和自己的因缘，看到了想看的和不该看的事情，历经漂泊、虚弱、亲近、悲哀和疼爱的情境，明白了他的存在之树是在烦恼、忧虑和窘困之水浇灌下才开出花蕾的，他由此了解了生存的实质。导师告诉他：“人总是抱怨今天，赞扬昨天。这就是人。”“没有一个人对自己的生存状况满意。这个毛病是人与生俱来的。”所有这些都让他感到郁闷。在第三个界层，他驾彩虹升空，观望了母亲生前遭受的苦难，也看到了自己被捕的前因后果，经历了亲善与分离，认识到自己在这里只是一个陌路人，这个世界只不过是他的流放地，他终将返回家园。他由母亲的亡故体验了死亡的必然，他体悟了“真正的自由源于天欲之心、无为之为”。

音乐与旅行

音乐也是苏菲神秘主义者修炼的重要途径。我们从《落日的呼唤》（又译《冥冥中的呼唤》）里可以看到这类的描述：

> 中间的凉篷下面，坐着一组乐师，大概有七个人，六个介乎于少年与青年之间，一位长者居于中间。他身着白色长袍，戴一顶红色小帽。若不是一双眼睛有疾，他会把他当成监理人，那模样那神态与监理人太像了。他握着一把丝弦，丝弦放在膝上，用象牙拨子弹拨，弦线有五六根，其他人弹琵琶、铃鼓、竖琴、冬不拉，吹奏长笛和双簧短笛。只见他们手指飞动或抚或弹，却没有发出音响，听不到曲调。他们在练习？不过，音乐分明从远处就听到了?!
>
> ……
>
> 他对那女子的欲望在周围一切失常的状态下越发强烈地显露出来。他进入众人之中是踏着舞步的。详细的

过程是这样的：他注意到徐缓的音乐响起，轻柔得辨别不出来源，仿佛发自虚空。音乐开启他的心扉，顿时眼明心亮。那声音似开罗的灯光，沙漠上升起落下的太阳，好似陆地上夜间的响动突然唤起他的激情。

音乐的节奏愈来愈快，一个音符接着一个音符，迅速地变换着。乐队指挥拿起一面小鼓，另一位乐师在他身旁弹拨琴弦，目光盯着地下不确定的一点。其他乐师一边弹奏一边摇头晃脑。指挥不时用手指击打鼓面，移动方向。一曲终了，他已面朝另一个方向。大家低着头，和着乐曲唱起来，声音悠扬和谐。乐师一边听合唱，一边开始新一轮的演奏。

艾哈迈德站起身来，踏着节拍左右摇摆，手指指向前方或后方，一只手臂伸开，两腿旋转，然后单腿旋转，越来越快，仿佛看不到自己的身体和周围的人。他没有停下来，试图达到不可企及的状态。

从黑塔尼的作品中，西方读者不仅可以窥见平时难以了解到的苏菲文化，而且还可以读到怪诞的故事。在《落日的呼唤》里，作者叙述了在鸟王国的变性，其中包括男变女、女变男的转化。该地区的人都要经历两种性别的生活，生下来是男，尔后变为女的；生下来是女，以后转变为男。什么时候转化很难确定，也许在儿童期，也许在青春花季，但决不迟于五十岁。谁在死前还没有实现转变，就被视为不吉利，是神圣阳光没有渗透的结果。每一个土生土长的居民都要经过这个阶段。至于外地人就没有这个福分了。

一般转化发生在十七岁左右。监理人喜欢的那个姑娘，生下来是个女的。预言家预言她会早熟。果然，她八岁来月经，很反常；十二岁生孩子，年纪轻轻就已经成为三个孩子的母亲。在此地，孩子用母亲而非父亲的姓氏。她母亲在转性后生下了她。母亲曾是宫中的武士，随着性别转化的完成，威武强壮的外表很快消失。每个男性愈成熟，转化后的女人特性愈强。

变性的事情让身为鸟王国国王的主人公深感忧虑：

> 一有机会，我便要照照镜子，瞧瞧出现了什么迹象，外貌发生什么变化。每位走近我的人都让我费些心思。若是男人，我就想看出他的女性特征或即将发生的变化。于是，我的情欲枯竭了。记得，我曾听一位朋友讲他友人的故事，那个人准备夜里好好消遣一番，请了三个女人，其中一个脱下衣服才知是阴阳人。他吓坏了，死活不敢跟阴阳人同居一室。
>
> 我询问过那个接待贵宾的官员，视其为有权参加我的男女欢宴的人。他说，作为一个女人他在性交时的快感异常强烈，变性后便知道如何从最初的女性生活中获益。他很幸运，变性时没费太多时间。有的人需要两三年的时间，不男不女的非常难受。我也询问过那些与我有过交往的女孩，从她们那里了解了一些从其他女孩那里得不到的

房中术。尔后，我才知道他们原本是男孩，幼年已经变性。这令我惊愕不已。

《落日的呼唤》充分表现了苏菲神秘主义中旅行的修炼。冥冥之中老是有一个声音在呼唤主人公："离开吧，朝向落日的方向！"主人公应声而动，一次又一次的旅行构成了故事的主线。第一次呼唤，他被动地离开了出生的开罗；第二次呼唤，他离开了已经混熟的驼队；第三次呼唤，他与妻儿不辞而别，离开了绿洲；第四次呼唤，他离开了鸟王国的王位；第五次呼唤，来自他自己的内心深处，听到呼唤，他离开了拄杖人的营地。

苏菲神秘主义主张苦行修炼，旅行也是苦行的一种。在《落日的呼唤》中，旅程是劳累的，更是痛苦的，因为主人公不仅要忍受身体的劳累，人体的潜能发挥到极限，而且还要忍受精神上的压力和痛苦，割舍一切身外之物。每次离去都要割舍他的东西，引起切肤之痛。离开出生地开罗割舍了故乡情；离开驼队和哈达拉毛人割舍了友情和类似的父子之情；离开绿洲割舍了妻子和未出生的儿子的亲情；离开鸟王国割舍了至高无上的王权和令人向往的人生享受，成为一贫如洗的穷人；离开拄杖人的群体主动割舍了无拘无束的绝对自由，达到了无欲；离开面对大洋的摩洛哥露台割舍了已经得到的平静，继续走向人所未知的不能联络的地方。离开拄杖人的营地是他主动割舍的。这是因为他已发生质的变化，他变为穷人，放下了一切，对那绝对的无拘无束没有了兴趣，内心生出一种力量推动他离开。离开摩洛哥是他内心呼唤使然，为了“心安”连那一丝的平常心也舍弃，最后走向无限。这一次次的离去使主人公的精神境界逐级提升。他渐渐从旅途的见闻和经历体悟到人生如梦如幻。他每离开一地到达一地，都觉得恍如凭空而降，非常神奇。

都市中的天方夜谭

在《都市之广》中我们则不仅看到了苏菲时空观在黑塔尼笔下的展现，更看到了苏菲的神秘，由神秘的事件我们又看到荒诞。作者在这部小说中不时以第一人称和第三人称，从不同的视角叙述主人公在异国他乡的奇特经历。主人公的身份是教授，他代替一位同事去某国参加某大学的九百年校庆典礼。就在这个大学及其所在的城市发生了许多离奇的事情：神秘的高塔上突然跳下一个非洲人和一位英国公主，却一点先兆都没有，此后这里便成了一个自杀的场所；一位中国太子登上高塔便失去影踪，引得其后人来此寻踪探秘；神秘的摩洛哥人和导游小姐主动邀请主人公在城市观光，在主人公主丢失护照之后，两人双双消失不见，使主人公找不到证明人而陷入绝境……不仅发生的这些事情很神秘，而且大学本身就是一个充满神秘的地方。据介绍，大学校舍是该城市最早的建筑。传说大学所在地，原是远方被国王贬黜的四十位贤人开拓的。他们在此与神女通婚，繁衍了后代。但后人只发现了三十九个贤人墓,第四十个墓地在哪里成了一个谜。该城在 17 世纪前是一个小王国,后被武力征服,成为中央集权国家里的一座城市。主人公逐一参观了城里重要的建筑,如四座外城门、七座内城门、神秘的高塔、有螺旋楼梯的古堡、阿拉伯饭店、安全部的三层现代化建筑等等。

大学所在的这座城市发生的一切都那么扑朔迷离,神神秘秘,令人难以捉摸。七座内城门门相望,神秘的高塔则位于每两门之间的连线上。古堡远远地构成大学的核心。每个建筑的功能都很奇特。高塔具有神秘力量,在特定时间登塔能治病、帮人解开难题。安全部的三层建筑是高科技的监测保安系统,地上建筑掩盖着地下的建筑。建筑看似稳固,其实它在作缓慢运动,五十年转一周,每年从地面消失一次。

传说,古堡是参与开拓的四十位贤人之一治病养老的地方。他并没有死去,而是进入贤人子孙锁定的时间。他们向众人宣布他要隐退一定的时间,返回时将是健壮的。由此才设置了隐退代理人的职务。代理人专管地方水的净化和分配。主人公从种种迹象得出古堡即是第四十位贤人墓地的结论。发生在这些建筑中的故事可以和天方夜谭的故事媲美。

《落日的呼唤》还描述了海水受孕的奇怪习俗。主人公到达有人烟地带的最后一站,也是未知世界的最前沿的地方,当地人根深蒂固地认为不育的女人若为大洋之水所打湿便可怀孕。此举需于满月之时,东北风刮起,海浪达到一定的高度拍击巨石之时。女人提起衣衫露出大腿,下水时脱去长裤,将下身暴露在海洋那飞溅的水珠之下。下身受到飞溅海浪的滋润，便有一种与丈夫做爱时的快感，有的女人把身体扭来扭去，咸水渗入体内，安拉保佑，此后她便怀孕。“过去居民这样认为，也的确行之有效。”

主人公在沙漠上看到的拄杖人是一个怪异的群体：男男女女或在谈话，或在拥抱，或坐在一起仰头观天；还有一些可爱的孩子，七八岁的女孩三四个人围在一起跳起舞来；一个青年趴在地上，另一群人鱼贯从上跳过；一个孩子在吹皮囊，也不怕吹伤了气；有个男人捂着耳朵，不和任何人讲话；另一个戴着沉重的缠头巾，舞起曲柄的粗手杖，指向空中威胁着；有七八个人坐在他的周围，望着一个拄着同样手杖的人，他的面部表情复杂，不断变化，但一言不发；砂石上摆放着大号的铜盘，盘中盛着米饭、烧羊肉，或烧或烤或油炸的大小不一的禽类、圆形长方形的奶酪、陶瓷的长颈瓶，瓶子中装的是葡萄酒，有红葡萄酒，也有白葡萄酒。还有一个人倚着拐杖，在场的所有的人，几乎不是握着拐杖便是倚着或将它放在身旁。可是，他们个个身强力壮，没有残疾，走路正常。众人面前摆放着一盆盆满满的青草，他们一口一口地抓到嘴里，不经咀嚼便吞咽下去。主人公还看到在大庭广众之下一个男人和一个女人正在拥抱，男人撩起女人的衣服。发生这样的怪事，是因为他们被告知世界即将结束了，于是不顾一切地尽情享乐。

开始，他们小心谨慎地穿街过巷，预报末日的临近。不少人去清真寺，靠托安拉，不停地祈祷，企盼祈祷的声音能打动安拉宽恕他们；另一方面那些人以为大地上的火焰是他们的救星；还有人离开妻儿老小；有的人带着亲人一走了之。拄杖人的追随者说时光短暂，余下的时间不多。短时间内，人无法穷尽生活所包容的欢悦，有一点儿享受总比没有强，不能再浪费光阴了。于是，他们撤离城市来到荒郊，每个人干自己想干的事。有关他们在荒郊的生活，基本上是反城里之道而行之。他们不盖住房，只用布搭起凉篷，铺上起码的垫被，将一切交给集体，自己一点也不用操心。加入这个团体的人必需死了那颗心。他们需要吃死人肉，称之为安拉的宰牲。他们再也不像以前那样节制自己的生活，他们带上自己的妻子，在一旁看男女交欢，或是看着妻女行事。只要他无动于衷，大家就为他鼓掌，他本人也有权参加。众人不再拘泥礼节，相互直呼姓名别号，儿子召唤母亲，母亲可以不理。有谁突发奇想，便可以立刻去努力实现它，无需担心责难和反对。一些人常说，今天属于我们，明天还不知怎么过。主人公来到这里所见到的事情太离谱了：有人竟穿上用女人衣裳裁开的布片，两手打着榧子，东倒西歪地走着，像个舞女，更有甚者，干脆脱光衣服露出羞处。

城里有位警官，一向对弱者、孤儿、需要帮助者十分凶狠粗暴。他出现在市场上时，百姓们都怕得发抖。一天下午，他站在警事办公楼前，脱下用金银丝装饰的警服，点燃了它，光着身子拄上一根用阿拉伯胶树枝干做成的拐杖。他不从家门入户，而是爬阳台和围墙，他攻击女人，半路抢劫首饰项链，躲在墙角突然袭击儿童，吓得孩子们撒腿乱跑。尔后，他也加入了荒野的团体。草药商本是位受尊敬的学者，他不再给病人按医生开具的药方配药，引起混乱，造成明显的损失。还有一位把自己拴在车上当牲口，拉着车在市场上乱跑乱叫。许多人离开了商店。为什么还做买卖？为什么还费劲去找稀有商品再运回来？他们不再关心名誉地位，只注意吃喝。多少羞怯的女人脱下面纱光着脸上街；另一些女人像从娘胎出来一样光着身子。一个男人爱上大枣椰树，走过去用双臂拥抱大树，亲吻树干，声称已与枣椰树订婚，大树与之述怀，相互吐露心曲。大法官四脚着地，见到恶狗就狂吠，又咬又抓，吓得恶狗望风而逃。一切规矩都消失了，一切准则也不复存在。人不分高低贵贱，一律拄着木拐杖，仿佛要向世人宣布即将出现不测事情。

杰马勒·黑塔尼所塑造的苏菲世界神秘而怪诞，正好契合了西方人对阿拉伯人的想象。

黑塔尼的另一面

虽然黑塔尼的小说大都跟伊斯兰教神秘的苏菲主义有关，但是，我们从他的作品中也可以看到他对政治的关注。在埃及的现实政治环境中，有很多敏感的政治问题不能明言，作者本人也曾因为政治原因而坐过监狱，所以他没有直接去抨击现实政治，而是非常巧妙地借助苏菲、借助历史去暗喻政治的残酷，间接地批评现实政治的阴暗面。

他的第一部长篇小说《宰尼·贝拉卡特》叙述的是历史故事，但作者的真正意图还在于现实政治。小说讲述了埃及马木鲁克王朝时期一个名叫宰尼·贝拉卡特的人从一个默默无闻的小人物变成当权者的发迹过程，故事围绕着贝拉卡特和秘密警察头子宰克利亚等政治人物为争权夺利展开残酷斗争，展现了这些政治人物的阴险毒辣和尔虞我诈的性格，而在残酷的政治斗争阴影下生活的老百姓只能在战战兢兢的夹缝中求生存。作家借这样一个历史故事来影射现实政治中的强权统治与特务机制。作家高超的小说技巧令读者在进入文本时也陷入历史的真实之中。小说的引子和结尾都引用了 16 世纪意大利旅行家君迪访问开罗的见闻，还摘引埃及历史学家伊本·伊亚斯的历史著作特别是《马木鲁克史》的资料，其历史的真实不容置疑。“同时又根据社会现实，虚构了重重叠叠的特务网和特工会议，使历史与现实在带有普遍性的强权政治中重合”（李琛：《阿拉伯现代文学与神秘主义》），这种重合让人产生一种似曾相识的感觉，引发联想。

黑塔尼创作这部作品的动机不仅出于对强权统治的批判，也出于对阿拉伯人于 1967 年“六五战争”中遭到惨败这一重大政治事件的深刻反思。“作者把 1517 年曼麦鲁克王朝的倾覆与 1967 年埃及战败相联系，探讨他们内在的规律。”（高慧勤、栾文华：《东方现代文学史》）很显然，作者认为“六五战争”的失败是与强权统治有关系的。正像一位专门研究黑塔尼的学者所指出的：“镇压、恐怖和杀人并不能保卫一个国家，也不能加强统治者与被统治者之间的关系，像这样的一些行为除了非法地维护一些廉价、狭隘的利益以外一无是处。”这实际上也是黑塔尼创作这部小说所要表达的观点。对于《宰尼·贝拉卡特》这部作品，与其说是为了写历史，毋宁说是为了写现实。作家的真实意图得到了体现，针砭时弊的目的消隐在历史的真实之中，新闻控制和宣传控制机构抓不到直接的把柄。作家在选择历史题材的掩护下，很好地保护了自己。阿拉伯的评论家指出：“在《宰尼·贝拉卡特》中，黑塔尼与过去的关系不是一种特殊的孤立的东西，而是构成他与整个现实特别是与其所生活的社会之间关系的一种基本因素，同时也构成他与小说中发生的一切问题进行省察的关系。我们看到，区分过去与现在的核心问题并不存在，因为过去与现在之间非常复杂地相互交错在一起，只不过对这种关系有一种更为细致的理论和历史上的省察，在这种相互交错之中非常果断地阐明了作家与当下的政治、社会问题的关系。黑塔尼也一直是这样效忠于他的环境和他这一代人。这一代人使他与现实世界的交往成为一种政治的交往，希望能够连续不断地在创作者的自我与环绕周围的一切事物之间达到互动，引起批判与变革。”黑塔尼这一代人是纳赛尔领导下的埃及民族民主革命的受益者，他们对领袖纳赛尔的心情是很矛盾的：一方面，他们热情拥护纳赛尔，因为纳赛尔率领埃及人民实现了独立、解放，实现了社会公正，纳赛尔所推行的社会主义政策使黑塔尼这样的穷苦人家出身的孩子享受到了义务教育带来的好处，获得受教育的机会，改变了自己的命运；另一方面，他们这一代人在当时国内和国际共产主义运动的影响下大多接受了社会主义思想，不少人在政治上走向“左倾”，对纳赛尔的权威构成威胁，这是一个独裁者所无法接受的，于是这些政治上左倾的知识分子就像多米诺骨牌一样，纷纷跌倒，成为纳赛尔的阶下囚，作家本人也未能幸免。虽然遭遇了牢狱之灾，但他们作为有独立思想的知识分子，是不会轻易改变自己的思想和观点的，因而对纳赛尔专制统治的批判与反思不绝如缕。诺贝尔文学奖得主纳吉布·马哈福兹就公开批评纳赛尔的种种错误。他认为纳赛尔不停地忙于争斗使埃及丧失了迈出巨大文明步伐的难得的历史性机遇，纳赛尔嗜求权力的弱点对埃及的发展造成了巨大的负面影响：“在人类历史上，每一个悲剧性的英雄都有一个置他于死地的弱点。纳赛尔的弱点就是他不相信民主和对话，独断专权，容不得异见。倘若他创立起任何一种民主制度，哪怕是立法协商委员会这样‘半民主’的制度，能听取多数成员的意见，埃及历史就会向好的方向发展，我们就不会卷入同各种殖民势力的冲突，我们和以色列的问题就会解决，我们也不会打五六年和六七年两次战争，因而也不会有七三年的十月战争，我们就会稳妥地、理智地实施‘阿拉伯民族复兴’的计划，并取得积极的成果。”马哈福兹的话很能代表一代知识分子的观点。

黑塔尼和他那一代人的经历使他们对民族、对国家怀着神圣的使命感，个人的命运与国家民族的灾难缠结在一起，引起了他们对民族发展前途的思考,积极反思历史的教训,力图找到一条适合埃及/阿拉伯民族发展的道路,将国家和民族引向富强与繁荣。因此,在作品中表达自己的政治倾向,借小说故事表达自己对国家大事的思考便成为黑塔尼及其同代作家的一种选择。政治已经成为这类作家心中的一个结。像《宰尼·贝拉卡特》这样的作品,其主题显然就是政治。《显灵书》虽然是以表现苏菲的显灵观为主,但是政治也是其中一条隐藏的线索。《显灵书》主要描述"我"的心理活动,转述"我"的所思所想。而"我"的心思所及始终没有脱离"我"所敬仰的三个人物的人生,他们分别是"我"的父亲、伊斯兰教的殉道者侯赛因和纳赛尔。这三个人的经历与"我"的生活交织在一起,完成了"我"不断感悟的进程。父亲是生"我"养"我"的至亲,更是土生土长的埃及人的象征,而侯赛因和纳赛尔则都是为穷苦人谋利益的英雄,但两个英雄人物的结局都很悲惨,侯赛因惨遭杀害,纳赛尔死后还遭人诋毁。在小说中,"我"的名字和纳赛尔的名字重合在一起,都叫"杰马勒"。小说叙述者的诞生也与杰马勒·阿卜杜·纳赛尔的诞生联系起来,叙述者的个性也与纳赛尔的个性相联系,这种联系的效果既显现了埃及人的梦想,也透出了埃及民族的悲哀与伤痛,其政治意义不言自明。叙述者通过与民族英雄的多种重合获得了非常有效的叙事身份,使得他对民族英雄纳赛尔的种种情况的介绍具有了很大的真实感。在这样的叙事策略中,我们清楚地看到 1948 年第一次中东战争中纳赛尔的英勇善战,看到 1952 年革命中纳赛尔作为自由军官组织领袖的丰功伟绩，也透过这样重大的历史事件看到埃及民众朴素的理想：

> 我爸爸问一个女邻居，农村发生了什么事？她说是军队，还说国王完蛋了，大家都说军队会使物价便宜，会使我们负责乘车。

像《显灵书》这样主要想表现苏菲神秘主义文化的主题却夹杂着政治思考的作品在黑塔尼那里不止一例。在后来创作的《落日的呼唤》也同样是以表现苏菲神秘文化为主旨的，但我们依然可以看到黑塔尼在字里行间夹杂着对统治者无限权力和个人崇拜的冷嘲热讽。

在小说《落日的呼唤》里，当艾哈迈德来到鸟王国，被捧上国王的宝座以后，他有了生杀予夺的大权，甚至只因为他的一个眼神就有人自己去死了。在男女交往比较自由的一些部落都竭力保护女孩不被部落青年染指，而将处女奉献给上层或最高统治者——他们心目中的太阳之子。史官记录着国王的一切，他的名字，他的出生年月，甚至他每天着装的颜色都被刻录在大理石上。在有意无意之间，全国上下形成了一种媚上的风气，艾哈迈德国王说的每一句话都被记录下来，有人专门对这些话进行解释。这些话不仅大人都要知道，而且还要向小孩普及。无论是有意说出来的还是无意说的，凡是国王说出的话语都成了“至理名言”，都是“最高指示”。从平民变成国王的艾哈迈德为此而欣然自得：“我发现自己受到全体人民的欢迎，吸引他们靠近我，使之顺从我发布的一切命令。他们献出保护好的少女以取悦我，使我得到精神和感官的满足。接近我的人，能博得我欢心的人就变得高贵。我的喜怒成了衡量的尺度。”而国王不喜欢的人其命运就悲惨了：

> 一天，有个人来见“我”，当时“我”正为变性的事心烦意乱，心情抑郁。我一转身，无意识做了个动作。他被冷落默默回家，从此一病不起，最后被抬出家门，永远离开人世。

虽然国王并没有下令处死那个可怜的人，但是这比国王直接杀死他还可怕。个人的命运完全掌握在当权者的手里，视当权者的眼色行事，在这样的国度里，个人哪还有自由可言？

而造成这种状况的确有社会习俗与制度的原因，但艾哈迈德当上国王以后所玩弄的权术也起到了相当大的作用。按照鸟王国的传统，国王不能随便外出，不能随便公开露面，但是，艾哈迈德为了笼络人心，不顾监理人的阻挠，扩大了活动范围，不仅在地区首府抛头露面，而且到各省去视察，足迹到达边缘的绿洲和只有小兵去过的地方。而各地的代表团来首都的时候，艾哈迈德也安排他们参观市容，观看国王出现那天举行过的大型庆典，并且让自己的御膳房为他们供餐，还为他们准备礼物带回去。

更能体现其权术的是他别出心裁地令人训练一头大象作为自己的坐骑，象背上驮着一个装饰豪华的小轿，轿子下面垫着一块结实的厚布，从左右两边垂下去，每边分别做成四个大口袋，每只袋子里放着垫子，然后由国王圈定人选坐进八个口袋中，获得与国王同行的荣耀。首先被他选中的当然是他的近臣，王国的监理人、宫廷行政主管和两个最亲近的贴身卫士占了四个口袋，另外的四个口袋留给国王临时选中的人。能否乘坐在国王的象口袋中成为接近国王、获得国王欢心的标志。有时候会有不知名的人物在袋中出现，拼命露出自己的脑袋好让群众看到其面孔，这就意味着此人将被起用，前途一片光明。像这样的行为完全出自艾哈迈德的精心策划。他知道这样做的效果，那就是显示国王高高在上的尊贵，同时又笼络了被选中乘坐的人，使之死心塌地效忠自己，从而巩固自己的地位。

对普通民众，艾哈迈德同样采用胡萝卜加大棒的手法，他故意夸大国家面临的威胁，然后动员军队，在勇猛的鸟群护卫下向边境开拔，修筑工事碉堡，从而加强了对军队的控制。同时，他又频繁外出，在公众中露面，登上高处面向大众发表演讲或与民众交谈，既试探民意，也做出警告；既发出威胁，也作出许诺。常常在他露面的第二天，小孩子就能将其演讲中的一些段落背诵出来。父亲在教育孩子的时候常常警告他们当心伟大领袖所发现的潜在危险。无论老幼整天都将战战兢兢地面对着他们的领袖，这正是艾哈迈德所要达到的目的。

国王四处出巡、发表演讲、择人乘象等措施无不突出当权者的形象，巩固当权者的地位，但是这些似乎还不够，艾哈迈德要让自己的形象深深地刻印在民众的心坎上，于是领袖的画像使个人崇拜达到顶峰。在他表示要广泛张贴自己的画像以后，下面的官员马上心领神会，迅速行动起来，画像的数目急剧增加，以至于画师的职业都变得十分走红，格外吃香，绘画界无不感谢艾哈迈德的出现给画师带来机遇，使绘画进入了一个黄金时代。领袖的画像大小不一，花样繁多，到处悬挂张贴。在领袖本人的鼓励下，马屁精的经典行动也随即出现了，居然有人标新立异地将画像悬挂在自己的卧室。这位当权者也不失时机地召见了其中的两位官员，予以表扬嘉奖，赐予贵重的礼物——用伊拉克夜莺羽毛制作的衣袍。这一嘉奖自然产生了可以预想的激励效应：

> 款待两位官员的信息传了开来，民众争先恐后地效仿，把“我”的画像到处摆放悬挂，尤其是进入卧室。如此，我更如期望的那样无时不在，无需用眼用耳，我很看重我的无处不在。南方省区的画师能把我的画像熟练地画在金手镯、银项链和祖母绿、红宝石和珊瑚坠儿上。画像系于女人的颈项之间，别在男人的缠头巾上，直至走进民众的心坎里。

读到这里，笔者仿佛看到了一幅真实的画面、一个真实的景观。

在20世纪90年代初笔者赴开罗大学做访问学者的时候，曾经注意过开罗的大街上悬挂着很多埃及总统穆巴拉克的画像，在不少街区还悬挂着各种向总统表示忠心的横幅："遵命！穆巴拉克！"诸如此类的话语充斥于开罗的街头巷尾。后来笔者有机会到埃及南方、西奈半岛、西北部的马特鲁港，甚至在西南偏远的西瓦绿洲都看到了类似的情景。作为埃及人，作家本人当然对此会有更深的感受。

其实这样的个人崇拜现象不只在埃及才有，在阿拉伯世界都具有相当的普遍性。如果大家在看到有关中东的新闻时稍微注意一点，不难发现，那些大家耳熟能详的阿拉伯已故领导人，在世的时候也大搞个人崇拜：巴勒斯坦频繁出现阿拉法特画像，伊拉克前总统萨达姆在位时不仅画像出现的频率很高，而且其雕像在伊拉克各地也不在少数……现在还在台上的那些阿拉伯领导人在这方面似乎也延续了前辈的传统。

最近中东发生的革命，无论是北非的突尼斯、埃及、利比亚、摩洛哥，还是阿拉伯半岛上的巴林、也门，民众抗议的矛头无一例外地指向了最高统治者。有的国家革命还在继续，有的已经取得了阶段性的成果，这里边有杰马勒·黑塔尼以及其他作家的功劳，他们对政治的讽喻在潜移默化中影响了阿拉伯的读者，促使读者思考国家的政治。

Ⅷ　苏丹的阿拉伯小说天才

——读塔伊布·萨利赫

塔伊布·萨利赫 1929 年出生于苏丹西部麦尔瓦地区一个中等阶层的农村家庭。他就读于喀土穆大学，并曾当过一段时间的教师。后离开苏丹，在英国伦敦大学学习国际关系，并获得学位。曾任职于 BBC 电台阿拉伯语节目部，20 世纪 70 年代中期担任卡塔尔宣传部长。80 年代在巴黎的联合国教科文组织工作。之后，又回到阿拉伯联合酋长国。其妻为英国人，育有三女。

阿拉伯的一些作家如塔哈·侯赛因、陶菲格·哈基姆、叶海亚·哈基、苏海勒·伊德里斯等，只是到西方学习或工作一段时间后便返回东方。与他们不同的是，塔伊布·萨利赫在二十多岁出国后只回到苏丹作过一次短暂的访问，后来的大部分时间往返于欧洲和阿拉伯各国。这种特殊的经历对他的文学创作产生极大的影响。萨利赫自己也承认既受到阿拉伯文化的影响,又受到西方文化(文学)的影响。他本人曾说过,在阿拉伯作家中他特别受到纳吉布·马哈福兹的影响,但作为一个男人和艺术家,和他靠得最近的却是叶海亚·哈基。他还承认受到一系列英语作家和诗人如斯威夫特、康拉德、福克纳、莎士比亚和叶芝等的影响。作为一个阿拉伯人,萨利赫对于阿拉伯民族文化遗产、对伊斯兰教、对穆斯林和对苏丹人都有着深切的了解。所有这些在他的作品中都有所体现,而最突出的则表现在他对农村居民的描写上——他们的生活方式,他们的信仰和他们的习俗,还表现在他与苏丹盛行的神秘主义的接近。这种特点在《瓦德·哈米德棕榈树》中极为明显,而塔伊布·萨利赫在西方长期居住所受到的影响亦表现在他创作的方方面面,从主题、风格到技巧都有所体现。其中心主题多为东西方文化冲突、农村与城市的差异、新与旧的交锋、进步与落后的混融等。在他所接触的西方文化文学中,他尤其对英语文学有深刻的理解,受到意识流手法的影响很深。

塔伊布·萨利赫的创作以小说为主。他并不是个多产作家,只有一个短篇小说集和四部长篇小说。小说集收进了他从 1953 年到 1963 年间创作的短篇小说,其中包括他的处女作《小溪上的枣椰树叶》。这些作品于 1959—1966 年间陆续发表在喀土穆、贝鲁特和伦敦的各种期刊上,于 1967 年结集出版。四部中长篇小说分别是《宰因的婚事》《迁徙北方的季节》《班德尔·沙赫:祖贝特》《班德尔·沙赫:马尔尤德》,其中《迁徙北方的季节》曾一版再版。

自 20 世纪 70 年代中期以后，文学批评界越来越看好塔伊布·萨利赫和他的作品。其重要原因，除了塔伊布·萨利赫作品本身的魅力以外，还有两个突出的因素。一是原先被视为边缘文学的叙利亚文学和伊拉克文学，而后是苏丹文学、海湾各国文学和马格里布文学越来越受到阿拉伯文学批评界的关注，由边缘向中心移动。塔伊布·萨利赫正是在这样的一种动向中逐渐为人们所瞩目的。二是《宰因的婚事》与《迁徙北方的季节》于 60 年代末译成英语，后又译成其他的语言，引起欧洲特别是英国文学批评界的大量评论，赞誉不绝。也许是“墙里开花墙外香”，西方人对萨利赫的充分肯定引起他的同胞们的关注。阿拉伯文学批评界逐渐表现出对萨利赫越来越大的兴趣。一些研究作家本人及其作品的著作也相继问世。

在阿拉伯世界尚处于边缘的苏丹文学，传到其他阿拉伯各国和西方的读者那里，这在很大程度上要感谢塔伊布·萨利赫。尽管其他的苏丹作家如塔伊布·扎鲁格、阿里·麦克、艾布·伯克尔·哈立德和易斯哈格·易卜拉欣等也在发挥其作用，但最突出的还是塔伊布·萨利赫，以他的影响最大。迄今为止，塔伊布·萨利赫的作品已译成英文、法文、德文、意大利文、波兰文、希伯来文和中文等多种文字。他的一些作品还被改编成剧本，搬上银幕。特别是其中有两部已闻名遐迩，一是《迁徙北方的季节》，另一部便是《瓦德· 哈米德棕榈树》。

东方与西方的碰撞

在塔伊布·萨利赫的作品中东方与西方、进步与落后的主题都是贯穿在一起的。《迁徙北方的季节》这部代表作长篇小说便是如此。东方与西方的主题主要表现在两个方面：一是殖民与被殖民的矛盾冲突；二是东方文明与西方文明的撞击。

塔伊布·萨利赫在他的作品中常常提到英国殖民者对苏丹的统治，以及这种殖民统治对苏丹所产生的深远影响。在《迁徙北方的季节》中，作家对英国人的殖民活动虽然着墨不多，却令读者充分感受到苏丹人民对于殖民者的矛盾心理。英国殖民者不仅直接对苏丹人民进行压迫和剥削，还豢养了一大批代理人/走狗，以加强他们对苏丹的控制与统治。他们在每个县派驻的监察官，就具有生杀予夺的大权：

> 当时英国驻在一个县的监察官就是天使和皇帝，在比大不列颠全岛还要大的地盘上为所欲为。他住在一座高大而阔绰的宫殿里，仆役成群，警卫森严，就是那些家人侍从也都神气十足，颐指气使，随意戏谑、讥讽我们这些靠赚取工资维持生活的当地的小职员。对此，人们为我们鸣不平，向英国监察官提出控诉。当时的英国监察官还算是宽容开朗的。他们的走卒在我们苏丹人民的心中播下了怨恨，却取得了殖民主义者的欢心。孩子，请相信我的话吧！

难道现在我们的国家没有取得独立吗？我们没有成为自由的公民吗？请你相信，是他们豢养了那些奴颜媚骨的人，正是他们这些断送了脊梁骨的癞皮狗在英国人统治时代享有高官厚禄。

非常奇怪的是，他们对英国殖民者虽然也恼也恨，但有时会觉得他们不太坏，最坏的是他们培养的那些走狗。小说的主人公从某种程度上也属于帮助了英国人的那一类人："30 年代末期，英国在苏丹进行了大量的阴谋活动，在这期间，穆斯塔法·赛义德起了重要作用。然而却未曾听到过这里的任何人提到过他，这是令人感到吃惊的。他是英国人最忠实的支持者。英国外交部曾在它设在中东的行动诡秘的使馆中任用过他。在 1936 年的伦敦会议上，他是大会的秘书之一。"正是像穆斯塔法·赛义德这一类人对殖民的态度很暧昧。在故事的叙述者看来，英国人在苏丹的殖民活动并不像他们所描述的那样是一种恩赐，但同时又认为"他们来到的国土也并非像他们所想象的那样是一个悲剧"。他觉得英国人的殖民活动更像一场闹剧。

英国人来了以后把他们的思想观念、生活方式和所谓的民主制度也带到苏丹来，改变了苏丹人的政治生活，但是苏丹人照葫芦画瓢的那种政党的轮替、政客的表演、村民的选举所呈现出来的喧嚣吵闹的景象让塔伊布·萨利赫这样的苏丹知识分子认识到了西方文明在移植到东方国家时并不总能适应，照搬西方的模式不可能在东方社会取得多大的作用，有时甚至会起到相反的效果。这一点不仅体现在《迁徙北方的季节》中，也体现在他的短篇代表作《瓦德·哈米德棕榈树》中：那些政客每隔一段时间就领着他们的随从和吹鼓手，乘着卡车，打着标语牌到农村转悠一圈，高呼某某万岁，打倒某某，他们常常以农民的名义"闹革命"把在台上的当权者推下去，等自己上台以后一样地说着冠冕堂皇的话，私底下干着一样腐败的事情，过着一样花天酒地的生活，然后再等着别的政客来把他们替换下去。而政客的这些伎俩连最纯朴的农民也都能识破："倘若我对祖父说，革命是以他的名义制造出来的，政府都是为了他而兴亡，那他一定会哈哈大笑。"

有些知识分子则对西方的殖民行为给予猛烈的抨击。小说中的苏丹人曼苏尔对欧洲人理查德说："你们已经把资本主义的弊病传染给我们了。一小撮帝国主义公司过去吮吸了我们的鲜血，现在依然如此，除此之外，你们还给了我们什么呢?!"这种观点，不仅在苏丹具有代表性，在整个阿拉伯世界甚至在所有遭受过殖民统治的东方国家中都普遍存在。

但是从西方人的角度看，他们认为落后的东方只有在接受他们的殖民统治，只有接受他们"普适的"文明以后才可能得到发展，尤其是殖民化程度较高的第三世界国家，在殖民者离开以后似乎都不知道如何维持国家机器的运转，不知道如何使自己的国家得到持续的发展。针对这种状况，西方找到了他们殖民的理由："这一切只能说明一个道理：你们离开我们就无法活下去。过去你们曾控诉帝国主义，在我们离开以后，你们又人为地制造出所谓隐蔽的帝国主义的神话。然而无论我们公开地还是隐蔽地存在，对你们来说，都像水和空气那样的必要。”这话出自欧洲人理查德之口，自然代表了殖民者的观点。正是殖民主义者的这种逻辑支配了他们对于第三世界国家持续不断的掠夺行为。曼苏尔和理查德之间的对话充分显示了东西方之间不可弥合的鸿沟。从这样的文本中，西方的读者和评论家了解到东方国家和东方人民对殖民者和殖民活动的真实想法。

而他们更乐于知道的是东方国家还有那么一些人竟然对殖民运动表示认同。这些人对激烈反对殖民运动的观点表示怀疑，而对殖民的成果表示欣然的接受："他们闯入了我的家园。我不明白这是为什么，这是否意味着我们的现在和未来遭受到了侵害了呢？他们迟早总会有一天要从我们的国土上滚出去。就像许多人在历史的进程中，从许许多多的国家撤离一样。到那时，铁路、医院、工厂和学校都将属于我们。我们将用他们的语言进行交谈，既不认为这是一种罪过，也不被看作是一种美德。我们一如既往，仍是普普通通的百姓。如果说我们是幻象，那是由我们自己造成的。”从物质方面看，经过殖民以后的苏丹似乎进步了，有些事情确实变了：电动水泵代替了古老的水车，铁犁代替了木犁，女孩子也可以送到学校去读书识字，收音机、汽车也进入了一些人的生活，苏丹人还学会了喝威士忌和洋啤酒，而不再喝烧酒和苏丹土产啤酒了，“然而，其他的一切还都是老样子”。苏丹人的传统习俗，他们的信仰，他们的生活方式仍然没有改变。阿拉伯评论界对这部作品有多种阐释，但基本上有一种共识，即认为塔伊布·萨利赫的这部小说旨在向人们提示一种观点：东方国家/第三世界国家不必为落后的过去而感到羞愧，脱离本土的母体文化而一味模仿西方也并不可取。必须吸取西方文化的精华而非学其皮毛，最好的办法是使西方的优秀文化因子在本民族的母体中发育壮大。

那改变了自己的穆斯塔法·赛义德在东西方文明的冲突中成了牺牲品。他因为学习优秀而被派遣到英国留学，他以自己的聪明才智获得英国人的承认与接受，成了“英吉利人的宠儿”，年纪轻轻就成为英国著名高等学府的讲师，在那里讲授他的“帝国主义经济学”，他用英文写的《帝国主义垄断》《帝国主义经济》《十字军与火药》《对非洲的豪夺》等经济学著作宣扬关于建立在爱的基础之上，而不是建立在统计数字基础之上的经济，通过关于经济方面博爱主义的宣传而建立了其个人的威望，在英国的左派人士中间产生了很大的影响。

在他的内心深处，苏丹/阿拉伯/非洲的传统文化是根深蒂固的，但他到了英国以后，西方文化改变了他。他变得放荡不羁，整天寻欢作乐，充分利用自身的独特身份和某些西方人的猎奇心理，吸引了很多英国女性围绕在他的身边。他曾在短短的四五个月时间里同时与五个英国女人发生性关系，其中有学生，也有职业妇女；有豆蔻年华的年轻姑娘，也有成熟的已婚女性。放荡的生活使他忘记了民族传统道德的约束，而完全沉浸在西方开放的性文化所带给他的乐趣之中，他变得玩世不恭，变得不可一世，口放狂言："我将用我的××解放非洲。"他在各种公开的大众场合以苏丹/阿拉伯/非洲文化代言人的身份，胡乱阐释民族文化，引起英国人的极大兴趣。他把自己的住处布置成一个充满神秘东方情调的虚假空间，吸引一个又一个女人和他上床。他向每一个和他交往的女性许诺同对方结婚，然后又毫不在乎地弃旧迎新：

> 我出入于雪利斯大街的酒吧间、汉斯特大街的俱乐部和拜伦祖伯里大街的夜总会。我朗读诗歌，谈论宗教、哲学，评论美术，讲述东方的精神生活，我无所不为，甚至和女人鬼混。搞了一个女人之后，便设法去猎取另外的对象。正如鲁宾逊太太所说的那样，我没有一点一滴的欢乐。为了寻求一时之快，我把救世军、公谊会和费边社中的一些姑娘带到我的床上。每当自由党、工党、保守党或共产党举行集会，我便鞴好我的骆驼前往参加……

他白天同凯恩斯的经济理论打交道，夜晚就挥舞他的弓、剑、矛、弩投入"战斗"。他学会了西方人的那一套，通过赠送礼品和甜言蜜语，对身边的女性挑逗引诱，以其新奇的世界吸引着她们，用阿拉伯的檀香和龙涎香的芬芳使之神魂颠倒，以其随机应变妙如神的取之不尽的"阿拉伯"格言，使她们倾慕。她们走进他的卧室时，还是贞节少女，但当她们走出他的房门时血液已染上病毒，很快就会默默地死去。他自己也意识到自己的卧室是致命病菌的温床，是悲哀的根源，但他就是无法控制自己，因为他也染上了西方文明的病菌，那达到顶峰的利己主义把他紧紧地捆在床榻之上，他的淫荡和不负责任的行为导致了英国姑娘的自杀。而他面对强烈征服欲的英国女人菁·摩尔斯的痛苦使他最终亲手杀死了这个充满魅力的女人。

他和菁·摩尔斯之间的关系隐喻了东方和西方的关系。她充分施展自己的魅力和手段，对他进行百般挑逗，却不让他靠近自己；她和他结了婚，却仍然对他若即若离，还常常在他面前公然挑逗别的男人，以激起他的情欲和痛苦，让他为自己而和其他的男人打架斗殴。她对他的征服最后以她的被杀而告终。

在审判他的过程中，公诉人和为他辩护的亲友师长把判决变成了两个世界的搏斗。他自己已经变得心灰意懒，一心求死。但有不少人不希望判他死刑，特别是英国左派对他抱着一种很微妙的心理。穆斯塔法·赛义德这个来自非洲并在很大程度上融入西方生活的苏丹黑人迎合了英国某些贵族奇怪的心理需求：

> 他是一个标致的黑人，放荡不羁的文人阶层中的宠儿。贵族阶层在20年代和30年代初期煞有介事地提倡解放，穆斯塔法·赛义德是他们摆在橱窗中的一件陈列品。据说他是上议院某议员的朋友，是英国左派引为得意

的人物之一。有人说他很精明,但他很不幸,因为世界上没有比左翼经济学家更为可憎的了。他获得了学士院的学位。我知道得不很具体,我想他所以能获得这种学位,是和上述原因不无关联的。仿佛他们想要向公众表白:瞧!我们是多么宽容,多么解放!这个非洲黑人就像我们中间的一员,他和我们的女儿结了婚,在工作中和我们平起平坐。

西方的读者和评论家从这类的描述中看到了西方自身的影像,尤其是通过东方的镜子映照出来的镜像对于他们来说,是一种十分难得的反思机会,由此再次凸现了西方文化市场对东方文学/文化产品消费的单一性倾向。

当然,西方读者对这部作品的接受也同样具有其他多种他者因素。如在这部作品和作家的其他作品中,西方读者可以读到具有东方异国情调的景象:那浩瀚的沙漠犹如辽阔的海洋无边无际;长长的驼队爬山入谷、晓行夜宿;似火的骄阳下,艰难的跋涉令人精疲力竭;夕阳西下,寒意渐生,分外清晰可见的无数星星在夜空中闪动;宁静的夜幕下,饱餐畅饮之后的旅行者们聚在一起,或引吭高歌,或虔诚祈祷,或拍掌起舞;夜行的旅人时而遭遇美丽的蜃景,时而生起漫无边际的遐想。尼罗河从南向北流淌,在故事发生的地方几乎以九十度的急转弯突然折向而流,由东流向西。宽阔的水面分布着一个个小岛,成群的白色水鸟在河水上空不时掠过,岸边的枣椰树林茂密高耸,引水的沟渠纵横交错，抽水机在轰轰作响，男人们光着膀子、穿着长裤在耕耘……

萨利赫的这部作品得到西方评论家的认同，还在于他的叙事手法符合了他们的审美习惯，如萨利赫避开了许多阿拉伯现当代作家直白的叙事模式，努力使自己的作品富含深刻的象征寓意："北方与南方，东方与西方，文化价值冲突与融合时的不平衡与不理解，所有这些为小说提供了一个意义无限丰富的语境。小说中的两位苏丹留学生，两种空间，和两位凶手都有着深远的象征意义。"小说中对意识流手法的运用娴熟自如，使得作品的可读性大大增强。塔伊布·萨利赫自己也承认在创作这部作品时受到弗洛伊德作品的很大影响。

当然，西方评论家和读者除了从中了解到一位来自东方的作家对于西方的看法以外，特别欣赏的还是作者或多或少流露出的对西方社会、西方文化的景仰。一位西方的评论家特别指出："小说的结尾，是那条河——从南流向北的河，在叙述者那里具有象征的成分。更有甚者，瓦德·哈米德的村庄——塔伊布·萨利赫采用得最多的地点，也坐落在尼罗河的一个点上，在这个地方弯弯曲曲地自东向西流淌。"这位西方评论家如此解读的意图是很明显的，即西方优于东方，东方需要西方的支持与帮助。

但我们从东方的立场重新解读萨利赫的这部小说，恐怕会得出一种迥然不同的结论，即作家在这里还暗藏着另外的寓意：一、东方的文化源泉滋养了西方的文化土壤，在历史上，古埃及的文化曾经影响过古希腊，埃及当时先进的数学、天文学、哲学吸引了不少希腊的学人；而中古时期阿拉伯的科学和文化对欧洲的影响则是全方位的，有些学者甚至认为没有阿拉伯人的影响就不会有欧洲的文艺复兴。二、由南向北的迁徙不仅体现了近代以来落后东方的无奈，同时也体现了西方对东方的掠夺，经济的掠夺是明显可见的，而对人才的掠夺则没有被阿拉伯人发现，没有引起人们的重视。穆斯塔法绝对是阿拉伯的精英人才，他不仅在本土学习期间表现卓越，而且到了西方之后也能脱颖而出，在向来自视甚高的西方人的高等学府的讲坛上侃侃而谈，令人倾倒。但这样的人才却被西方人以优厚的待遇留住了，不能或不愿回故乡为祖国作贡献。三、东方对西方的这种关系只是暂时性的，是必然要变动的。正如小说的标题所喻示的，迁徙北方只是季节性的。那些到欧洲留学、工作的阿拉伯人（东方人）不会终生待在西方，过了季节是肯定要飞回南方（东方）的，因为他们的根还是在自己的家乡。小说的主人公穆斯塔法，在几经曲折，漫游世界之后，终于回到了祖国，而故事的叙述者——新一代苏丹留学生的代表则在学成之后马上归国，在政府机构中任职，用自己所学来的知识为自己的祖国服务。或许我们还可以猜测，萨利赫是否想暗示我们：东方与西方的相互影响也是季节性的，是动态的，是历时性的，在某个时代（季节）西方会影响东方，在另一个时代，东方则反过来影响西方。

进步与落后对抗

短篇小说《瓦德·哈米德棕榈树》(以下简称《棕榈树》)创作于1960年,但在1967年才第一次用阿拉伯语发表。《棕榈树》是当代阿拉伯文学最重要的短篇小说之一,是塔伊布·萨利赫最优秀的作品。不仅在评论家的眼里如此,作家本人也这样认为。这篇短篇小说代表了他文学创作生涯的一个转折点,因为正如他自己所说的那样,只有在创作了这篇小说以后,他才真正认识到自己可以算个作家。

《棕榈树》的故事发生的背景是20世纪50年代苏丹独立前后的农村社会。当时苏丹的民族主义风起云涌,十分活跃,尤其在年轻人中更甚。在苏丹有两个中心政治集团正在形成。其中的一个党派集团旨在把苏丹的独立与埃及联系起来,而另一集团则坚决主张完全的独立,不依赖于任何外部势力(指埃及)。两大集团之间的冲突在50年代愈演愈烈。随着独立的时间越来越迫近,议会的政治生活越来越充满风暴,各届政府迭换频繁。1956年1月1日,苏丹在政治和经济不稳定的情况下取得了独立。1958年发生了一次军事政变,国家处于易卜拉欣·阿布德的军事独裁统治下。尽管冲突、叛乱和更深刻的革命的尝试从未停止过,但这届政府相对还是较为稳定的。《棕榈树》的故事正是在这样一种社会、政治和历史背景下发生的。

《棕榈树》是塔伊布·萨利赫创作整体的一个重要的有机

组成部分，而不是一部独立的作品。小说的中心形象，那个年老的叙述者，非常像其他作品如《一捧椰枣》《迁徙北方的季节》《班德尔·沙赫》等篇中的老爷爷。而年轻的听者，仿佛就是《一捧椰枣》《致爱琳的一封信》《迁徙北方的季节》和《班德尔·沙赫》中的孙子。那些外来者常代表政府当局，进入村庄而不受欢迎，却也常常被提起。瓦德·哈米德村庄本身，出现在几乎所有塔伊布·萨利赫的创作中。但在这个同地名的故事里，相对于《一捧椰枣》《小溪上的枣椰树叶》和《宰因的婚事》而言，它所提供的苏丹农村居民日常生活方面的东西较少，而更多的在于居民同政府所欲引导的“进步”之间的对抗。

小说的这一中心主题是通过瓦德·哈米德村庄的棕榈树的故事表现出来的。棕榈树是在这个村庄被称为“瓦德·哈米德”以后一个传奇式的神圣形象。瓦德·哈米德是多种象征的聚合。它是这个村庄始祖的名字，也是村庄的名字，同时还是村里的大棕榈树的名字。圣徒“瓦德·哈米德”、他的村庄和棕榈树可以被看作是一个三角形上的三个点，共同构成一个整体，与村民们的故事密不可分。在故事中，棕榈树充当了两种截然相反的力量的焦点。一边是村民们，连同他们的信仰、习俗和生活方式，以及祖先的遗产；另一边则是苏丹中央政权，试图把村子引入现代化。小说描绘了村民与政府之间一场尖锐而持久的冲突。政府当局代表了新世界，把革新和现代化的事物强加在与旧事物维系在一起的村民身上。这场持久的斗争是与一系列的事件相结合的。每次事件都是由苏丹独立前后的一届届政府当局煽起的。冲突双方都缺乏理解。政府迫切地要在农村引导“进步”，却没能把握住传统的力量，而村民则紧紧抓住他们的信仰和习俗不放。政府不是逐步慢慢地去完成这种变革，而坚持马上放逐旧事物以强制“进步”，强迫村民们接受新事物。在政府人员的三次尝试中，每次冲突都以村民的胜利和政府的退却而告终。村民们坚信，隔断传统的危险会危及他们的存在，因此，他们无可避免地要针对几次砍伐棕榈树的企图做斗争直至那种痛苦的结局。

虽然第四届政权的政策较为温和，更能理解村民的感情。但叙述者仍然毫不隐瞒他对这些政府权力代表的嘲笑。他这样描述道：“他们身上穿着干干净净的衣服，手腕上戴着的金表闪光熠熠，头发散出香水味。”他批评新政府及其代表来到村庄所造成的喧哗与骚动。他取笑他们“就像一阵风一下子吹起又一下子消失一样，那群人也是来得快，走得也快，连一夜都没住”。他们的疾速离去显然是因为“牛蝇让他们吃不消了。那一年的牛蝇又肥又大，到处嗡嗡叫个不停……”，叙述者看不出新政府与其前任有多少不同。在他看来，他们都是为狭隘的自私自利所驱动，并不是真正关心村民的需要。政府及其代表与村民居民之间的分歧反映了故事发生的年代里政府与普通公民之间的紧张关系。正像埃及评论家法特梅·穆萨所说的，那些官员代表了专横的权力，是对村民和村庄有机整体的一种威胁。

造成政府与村民之间的紧张关系的一个重要原因就是政

府及其所在的城市与村民之间存在着很大的差异，作者看到了这一点，因此整个故事从头到尾都在强调城市与农村的差异。叙述者一而再、再而三地提到这些差别，称村民为“我们”或“你们”，而称城镇居民和政府人员为“他们”或“你们”。如他对年轻的听者说：“我们是一群皮糙肉厚的人，跟其他人的皮肤不一样。我们已经过惯了这种粗野的生活，而且，我们实际上喜欢这样的生活。可是，我们不需要任何人委屈自己在我们这儿受苦。”“我们从来连想都没敢想过他们会来到这里，可他们却一拨一拨地来了。”

具体而言，城镇与乡村之间的潜在差异体现在文化、教育、通讯、运输、健康卫生和经济等许多方面。对此叙述者详细地进行了描绘：“毫无疑问，孩子，你每天都读报纸、听广播，一周看一二次电影。如果你生病了，你会去医院看病。如果你有儿子，他会在学校里上学。我知道，孩子，你讨厌路上黑咕隆咚的，你喜欢晚上看到电灯亮着。你不喜欢步行，也不喜欢骑毛驴，怕骑坐的地方被磨伤。孩子，要是……要是有城里铺得那么平平坦坦的路，有现代化的交通，有漂亮舒适的车子，那该多好！可是所有这些我们这儿都没有。我们是一群与世隔绝的人。”

很显然，城镇与乡村是两个完全不同的世界。从城市来到村庄访问的人无论是肉体上还是精神上都无法在那里忍受比一个昼夜更长的时间。唯一例外是那个被送到村里讲经宣教、本来计划要待上一个月的宣教师，坚持了整整三天。叙述者断言，村民的艰苦生活有助于他们身体力量和忍耐力的锻炼，而城里人则不仅不能适应乡村生活，甚至几乎不能完全适应他们舒适的城市生活。叙述者讥笑年轻的听者——一个城里人，对他说："你们在城里总是有一点小毛病就急急忙忙上医院，要是你们那儿有人手指受了点伤，就会赶紧去找'大夫'，于是他就会用纱布把手指缠起来，还要吊在脖子上好几天，尽管如此却不见好。"而村民们则恰恰相反，他们以自己的方式忍受伤痛疾病，等候自然康复。叙述者告诉听者，说："是的，孩子，我们这些人不知道去医院的路。一些小伤小病，像蝎子蜇啦、发烧啦、浑身乏力啦、摔伤啦，我们都待在家里。"

城市与乡村的另一种反差在于：一个喧闹而嘈杂，而另一个则安宁而恬静。当牵连到棕榈树事件的二十位村民从监狱里获释时，他们被寻求政治利益的城里人簇拥着返回村庄，一路上浩浩荡荡，气势颇壮。莫名其妙的村民们只能在那里低声议论："从首都已经闹腾到我们这儿来了。"

政府与村民发生摩擦与冲突的另一深层原因是宗教。官方的信仰以政府委派的神职人员为代表，而民众的伊斯兰则为形形色色的苏菲派（神秘主义教派）教徒和一些正义的善者所体现。那位被送到村里可怜兮兮地待了三天受尽了罪的宣教师充分说明了官方的伊斯兰与民众通俗伊斯兰之间的不谐和音。在作者的另一部作品《宰因的婚事》中亦清楚地表达了这一点。他在这部作品中描绘了代表通俗伊斯兰的宰因、哈宁与代表官方伊斯兰由政府指派并支付薪水的伊玛目之间的紧张关系。正统信仰的宗教学者与隶属各种不同制度的苏菲派长老之间的冲突在苏丹是一件很正常的事。苏菲制度在乡村居民与游牧的贝都因人中间比正统宗教更有影响力。这种情况并不是苏丹所特有的，在许多穆斯林社会都可见到类似的现象。譬如，在埃及的一些农村地区，官方的伊斯兰与民众的伊斯兰之间存在着经常性的摩擦。我们从埃及著名作家塔哈·侯赛因的自传体小说《日子》中也可以明显地看到这一现象。

在《棕榈树》这个故事里，城市与乡村、新与旧之间的冲突被寓于由棕榈树引起的争斗中。为什么三届不同的政府恰好都决定在棕榈树那里实施他们的规划？换句话说，为什么成功上台的政权只在损害“旧”的情况下强迫村民接受“新”？难道就没有折中办法？没有妥善的解决途径？这些问题在故事的末尾由年轻的听者拐弯抹角地提问。两者之间的问答为顺利地解决冲突问题提供了极其合理的思路。

听者问：“你们什么时候建水泵，搞农业工程和汽船码头站呢？”他并不问“是否”，因为在他是很清楚的：现代化不论早晚终将进入到这个村庄。“什么时候”是唯一的问题。叙述者的回答是：“等到人们睡梦中再也见不到棕榈树的时候。”也就是说，叙述者知道“进步”是内在的，必须来自村民，出自他们自己内心的自由意愿，而不是通过上头的意志强加在他们身上。在这里，与进步的概念达成的和谐已经初步体现了出来。

年老的叙述者懂得，教育是走向现代化的一个要素。他对听者强调他的这种想法：“我跟你提过我的儿子。他在城里的一所学校读书。我并没有送他去上学，可是他逃出家门，自己跑去上学了。我倒希望他待在那里不要回来。当我儿子的儿子从学校毕业的时候，具有新的不同的精神的年轻人在我们这里多起来的时候，也许那个时候我们建起水泵，搞起农业工程，也许那个时候汽船将在我们这儿，在瓦德·哈米德树下停靠。”

叙述者也认识到变革是无可避免的，关键在于这种变革何时到来和如何到来。他的愿望是自己的儿子将继续留在镇上。他相信只有到儿子的下一代，村子才会接受“进步”。听者提出了另一个问题：“你觉得棕榈树有一天会被砍倒吗？”他的回答提供了一个巧妙的解决办法：“没有必要砍掉棕榈树，也没有必要铲除陵墓。所有这些人都忽略了的事实是：这地方可以容下棕榈树、陵墓、水泵和汽船码头。”这些话语承认了可以找到两个党派集团之间、政府与村民之间适当的妥协，大家可以和平共处。年老的叙述者懂得，“进步”是必然的、无可抑止的。他接受这一点，但提出进步的过程需要一定的时间，在必要的情况下必须逐渐延续不止一代人。在这一过程中，没有考虑到人民的真正需要是不会成功的。在与村民对抗的三个事例中当局都以败退而告终，就是因为各届政府都没有看到村民真正的需要。叙述者一直在暗示，政府当局及其代表无权干预村民的事务，特别是他们的信仰方面更不可轻易冒犯。棕榈树是传统、习俗与信仰所构成的旧世界的象征。它的倒下将意味着旧世界的解构。叙述者以老年人的智慧建议“新”与“旧”居于同一屋顶之下，他请求听者，同时也是想通过听者请求当局有所感受、有所理解。

读完这一篇幅不长的小说，我们发现作者的确掌握了非凡的叙事艺术。他在小说的结构、叙述的角度、人物形象的塑造、语言的运用和气氛的营造等方面都极具匠心。

《棕榈树》的结构让人很容易就联想到阿拉伯古代杰出的文学瑰宝民间故事集《一千零一夜》的叙事艺术。那种大故事中套小故事的框架式结构把许多零散的神话、传说和故事都连接在一起。萨利赫极其熟练地运用了这种技巧，把几个似乎没有什么关联的小故事都套进年老的叙述者向年轻的听者讲述瓦德·哈米德棕榈树的故事这一大框架之中，使之形成一个有机的整体。沿着叙述的线索安插进文本的共有六个故事。前三个故事是村民们所做的梦。这些做梦人中的每一位都陷入了困境，正是瓦德·哈米德把他们从困窘中解救出来。第四个故事是瓦德·哈米德本人为安拉所救。第五个故事是二十个被囚的村民获得释放。第六个故事则是保护棕榈树。这些故事放在一起，就是彼此之间的相互救助。村民们救了棕榈树，而棕榈树又救了他们；瓦德·哈米德救助了人民，而安拉又拯救了瓦德·哈米德。这六个故事缠结在一起，达到了一个高潮——救助棕榈树，暗示着对传统习俗、传统文化的保护。世俗的事务与宗教信仰连接起来，融入现实社会的整体构架中去。

相对于围绕一个中心情节的建构而言，更重要的在于《棕榈树》被构想为老村民叙述的同瓦德·哈米德棕榈树相关联的一连串事件。这些事件不是年表式的顺序叙述，而是按照叙述者的意向重新排列组合的。叙述者根据村民们反对“进步”的斗争讲述了棕榈树的故事。这个故事的讲述实质上是一段独白。在某一天，由一位我们不知道姓甚名谁的老者，向一位同样不知名姓的年轻听者叙说。事实上，故事中的人物除了圣徒瓦德·哈米德以外没有一个是有名有姓的。

故事并不直接向读者叙说，而是向一个来自城里的年轻人讲述。年老叙述者在所叙及的事件中同时也是一位参与者，增强了读者对其真实性的信赖。这些事情有的是老人直接牵涉在内的，另外的一些则是发生在他同村的男女身上，都曾由当事者向他本人描述过，就连圣徒瓦德·哈米德以及村庄起源的故事也是他听自己的父亲讲述的。这位经历丰富的老年叙述者或许就是《一捧椰枣》和《迁徙北方的季节》中年轻的叙述者形象，或许还可以在小说《班德尔·沙赫》中找到其影踪。塔伊布·萨利赫所塑造的众多人物都曾一再出现于他的一部又一部作品中。

整个故事除了结尾处以外，叙述者都是自问自答。如说完“你问是谁栽种的这棵棕榈树”之后，老人自己又接着回答道：“没有谁栽种，孩子。”老人的话语显示了他的个性。他是一位有过许多实践的睿智老人，对他周围发生的进步有着深刻的个人见解。简直令人难以置信的是这位老人生活在一个与外部世界隔绝的偏僻遥远的村庄里，极少外出，而且平常也不听广播，不看报纸，竟然知道那么多关于城镇的知识。也许一位叙述者这般年纪的人偶尔也有机会到城里去，或者从外来者或受过教育的年轻人那里听到一些有关的情况。不管怎么说，选择一位老人讲述棕榈树的故事和一位居留城市的年轻人来倾听的真正目的，是要建立叙述者世界与听者世界之间的联系，即农村与城市的联系。老人的叙述使得听者并通过听者让读者看到和感觉到城市与乡村的差异，并认识到村庄的传统与现状对它的居民意味着什么。这种文本的阅读被老人的叙述所引导。如他引述那位宣教师发给政府的电报也是含有深意的。那就是要表明政府当局虽然也能听到对现实的反映，但那是间接的，因而是不清楚的，有时甚至可能是被歪曲的。如果能亲眼看见那是最好不过的了。

萨利赫在这一作品中对于人物形象的塑造不是直接去刻画人物的外表形貌，而是通过老人口头的表达和隐喻逐步建立叙述者作为一位经验丰富、颇有见地的老人的形象，让读者在阅读文本的过程中逐渐了解人物的性格。故事虽然是用优美雅致的、正规的阿拉伯文学语言写就，但从叙述者的嘴里也经常吐出一些苏丹方言的语词和表达法，如“尼米泰”（小咬）和“瓦德”（儿子）等。作者以苏丹农村社会盛行的语言、文化、道德和美学的形式来刻画人物形象。而所有这些人物形象又都与棕榈树连在一起，紧紧扣住中心主题：“喏，这就是……瓦德·哈米德棕榈树。你瞧，它的树梢顶上了天；再瞧，它的树根深深扎在地下；你瞧它的树干又粗又圆又结实，就像一个丰满女性的身段；再瞧瞧它顶尖的树叶，就像性子暴烈的马驹身上的鬃毛！”那个做梦的村民对棕榈树，则是这样一种印象：“后来他爬上一个高地，走到顶上，就看到一片茂密的棕榈树，中间有一棵高高的棕榈树，跟其余的棕榈树相比，它就像一群山羊中的一只骆驼……”

第二个人物形象是从城里来的年轻听者，同年老的叙述者一起贯穿整个故事。“听者”的角色间接地帮助故事的陈述并使之更加周详、具体。这种角色往往可以通过提问或评论来介入而起到某种作用。听者好奇心的表现或不经意地提出一个明智的或不明智的问题都可能是作者有意的安排，借以“鼓励”叙述者加快或放慢叙述的速度和节奏，使得需要加强或突出的内容清晰地呈现在读者的面前。在《棕榈树》这个故事中，年轻的听者一直在听老人讲述，随他的故事往下进行（只有结尾部分是个例外），几乎是一种被动的体验。在故事前面的大部分篇幅中，叙述者不让听者有机会提出问题，而抢在年轻听者的提问之先，自问自答：“你问我为什么要叫瓦德·哈米德棕榈树？耐心点，孩子！再喝一杯茶。”这样的例子显示了叙述者的主动角色的功能。通过抢先发问和做出回答，所有的事件便都能完全通过叙述者的视角而呈现出来。

如前所述，无论听者还是叙述者都没有提到他们的姓名。我们只是从文本叙述的蛛丝马迹中辨认听者的身份。听者很显然是一个城市人，尽管他是出生于城市还是农村并不清楚。我们辨认其城市人特性是基于这样的事实：他像其他的城市人一样，对村里的“小咬”的攻击抵挡不了一个昼夜，而且听者和读者不止一次地被提醒说他第二天就要离去。听者还显然是一位年轻人，因为年老的叙述者称他为“孩子”，强烈地暗示了彼此之间充满感情的关系。年轻的听者可能是来这个村庄访问的一位城里人，也可能是去了城里并看到苏丹整个国家所发生的变化的一位村民的儿子。后者恰恰就像是作家本人。塔伊布·萨利赫所描述的年轻人的类型往往就是要离开村庄，在外面接受教育，而后返乡探望。《给爱琳的一封信》《迁徙北方的季节》和《班德尔·沙赫》中的年轻人形象都属于这种类型。当然，我们也可以把年轻的听者看成是读者中的一员。年老的叙述者邀请年轻的听者同读者一起听一听在苏丹一个遥远的小村庄里发生的事情，并据之作出判断。老人的告别似乎带有一种特殊的内涵：“请往好里想着我们，对我们的判断不要太苛刻了。”这是一种殷切的恳求，甚至带有一丝绝望。他要求我们尽可能作为一个宽容的听众，去理解村民在现代化进程中所面临的困难及其复杂性。

塔伊布·萨利赫在《棕榈树》的故事中熟练地运用了延续文本的一种重要技巧——悬念。年老的叙述者让他的听众保持了对棕榈树故事的欲望，吞吞吐吐要告诉听者关于棕榈树的由来。一方面文本有序地朝着结局的方向推进，另一方面又试图尽可能长时间地保持谜底不被解开，使文本的存在得以延续。为了达到这种效果，作者运用了各种不同的延续策略。叙述者允诺年轻的听者要讲述瓦德·哈米德棕榈树的故事，留下了听者（和读者）要了解瓦德·哈米德棕榈树详情的悬念。在开始讲瓦德·哈米德棕榈树的故事之前，他先叙述了乡村生活各种各样的“插曲”，而所有这些“插曲”——他儿子的朋友的故事，宣教师的故事，县视察员的故事，三个梦的故事，政府官员的故事，都或多或少与棕榈树有一定的关系。到了最后，他显然要讲真正的故事了：“孩子，你是想睡觉吗？还是让我给你讲瓦德·哈米德的故事？”即使到了这个时候，他还不直截了当地说到点子上去，作者的延续技巧成功地保持了听众的悬念，留给他们空间和时间去填补空白，使文本的整体在被解读的时候更丰满。同时这种类型的技巧还有助于创造传统故事叙讲的气氛和调子。作者巧妙地以和缓的调子营造了时间观念极其淡薄的、无始无终的乡村生活的气氛。

塔伊布·萨利赫还善于运用令人惊奇的传说故事。这些传说与他创作中出现的“圣徒”形象常常是联在一起的，如本篇故事中的瓦德·哈米德，《小溪上的枣椰树叶》中的瓦德·杜利布，《宰因的婚事》中的宰因和哈宁，《班德尔·沙赫》中的祖贝特等。这种圣徒与善者形象的广泛运用跟苏丹农村社会普遍存在此类圣洁形象有一定的关系。作者还运用梦来使棕榈树及同名的圣徒瓦德·哈米德显得更加神秘，也突出了其重要性。尽管每一个梦都是不同的，但为叙述主题服务的目的是相同的：赞美瓦德·哈米德。每一位做梦人都遇到了麻烦，陷入了困境，但是最终都获得了瓦德·哈米德的救助。正像一位阿拉伯评论家所认为的，瓦德·哈米德棕榈树在这里是一种神秘主义的象征。作家运用传说故事和梦境的一个重要效果就是营造了一种神秘的氛围。

塔伊布·萨利赫的作品在中心主题方面与阿拉伯当代文学出现的许多中长篇小说是很相似的，都努力要表现城市与乡村的差异、新与旧的矛盾、传统文化与现代文化的冲突以及东方文化与西方文化的撞击等。《棕榈树》在有限的篇幅中就表现了一个极其重大的主题，更重要的是它在结构、技巧和文体方面与其他的阿拉伯叙事作品相比，更有其新颖别致、独具匠心之处。也许正因为如此才使塔伊布·萨利赫和他的作品在西方评论界引起很大的重视，在阿拉伯文坛获得重要的地位，从而为苏丹文学和阿拉伯文学的发展作出贡献。

Ⅸ “从女人中解放出来”

——读哈黛·萨曼

哈黛·萨曼是叙利亚当代著名的女作家。她从20世纪60年代开始创作，已发表小说和其他作品近三十部。初期的作品多表现阿拉伯社会对女性的歧视，表达了作家对传统的反思与反抗。代表作《75年贝鲁特》《贝鲁特的梦魇》和《百万富翁之夜》三部曲，转向宏大的叙事，以独特的风格描写黎巴嫩发生内战以后贝鲁特的风云变幻，充溢着爱国主义的热忱，表达了女作家热爱和平、反对战争和暴力的立场，展现了爱情和责任的主题。但从她的作品整体来看，哈黛·萨曼和其他的许多阿拉伯女作家一样，“用自己笔下的女性体验勾勒出了阿拉伯妇女争取自由解放的心路历程”（李琛：《阿拉伯文学中的女性与女性意识》）。这里将着重从她的短篇小说《你的眼睛是我的命运》和散文《从女人中解放出来》论述她对妇女解放运动的思考。

在哈黛·萨曼这篇重要的短篇代表作《你的眼睛是我的命运》中，女主人公泰莱阿特的经历基本上显示了哈黛·萨曼对女性主义的思考，反映了阿拉伯妇女运动的发展轨迹。泰莱阿特是个特别的女孩子。她从小就被家里人取了一个男孩的名字：泰莱阿特。她像别的男孩一样去上学，并执拗地坚持完成了她的学业，获得了大学的文凭。然后她找到了很好的职业：早上在机关上班，下午到公司办公室兼职，晚上去夜校授课。她用头巾包起长长的秀发，穿上男式的宽敞大衣，还煞有介事地在鼻子上架着一副墨镜。她不像有的女孩子那样浓妆艳抹、忸怩作态，而俨然一个"堂堂男子汉"。她要让自己成为一个不让须眉的女强人。"她想同太阳战斗，想要让太阳从西边升起；她想让海浪沉默，让城市在黑夜中消失。"但是在和她学生的哥哥依马德接触以后，泰莱阿特开始重新审视自己，发现自己遮在墨镜之后的那双眼睛里含有饥渴、欲求和柔情，发现解开头巾之后盘着的头发散开来的美丽，还发现脱下男式大衣之后露出纤细的腰身"像茉莉花般"富有魅力。她开始怀疑自己以前的男性化形象，发现自己对于男女结合的婚姻和充满温馨气息的家庭生活是多么羡慕，从而也看到了自己的命运所在。她要去找爱她的依马德，并对他说："你的双眼是我的命运。没有一个人能从他的命运逃开。"

泰莱阿特的经历不只是一个阿拉伯普通女性的经历，而是整个阿拉伯社会近代以来妇女解放运动的象征。一般认为西方的女权运动经历了带有浓厚政治色彩的"女权"阶段，以差异性为名否定男性象征秩序的“女性”阶段，和强调男女文化话语互补关系的、将“女权”与“女性”加以整合折中的重“女人”的女性主义阶段。阿拉伯妇女运动虽然开始得比较晚，直到20世纪初才萌芽、生发，但基本上也经历了与西方女权运动相似的发展历程。

女孩子不输给男儿

妇女解放运动的缘起是妇女极其低下的地位和悲苦命运。“父权制社会的发展摧毁了女性那不可复得的伊甸园，并将女性压入社会的底层。”（王岳川：《后现代主义文化研究》）阿拉伯近代社会的女性状况尤其如此。妇女没有受教育的权利，更谈不上政治权利。一夫多妻制和休妻制使妇女在婚姻上只能处于被动的地位。她们几乎只是服从丈夫、侍候丈夫的家奴，生儿育女的机器和供男人泄欲的工具。泰莱阿特一出生就遭到父权意识的压制和威胁。“她是冒着父亲对母亲的威胁，戴着护身符、祈求和惊恐来到人世。”父亲在得知刚生出的第五个孩子仍然是女婴时，竟然“怒气直冲，唾沫四溅，挥舞着刀子”扑向初生的婴儿。要不是被别人挡住，“活埋女婴”的悲剧将再次发生。泰莱阿特的父亲想要个男孩，为的是“使他的商店在大街继续保持荣耀，以使他死后他那管水烟筒里的烟火不会熄灭”。传统的观念认为只有儿子而不是女儿能够继承并维护家庭的存在与繁荣。泰莱阿特的父亲自然不能免俗。女主人公被取了一个男孩子的名字，显然反映了父亲强烈的男权意识，寄托了他的求子愿望，同时也表现了他得子无望的遗憾与无奈。正是这种愿望驱使他把泰莱阿特塑造成一种男性的角色，而她本人也乐于扮演这样的角色，因为她要借此实现自己女性的梦想："她要为母亲争一口气，女孩子不输给男儿，也能读书和取得文凭。"她像男孩子一样上完小学继续上中学，直至大学毕业，获得了她所臆想的成功。

哈黛·萨曼把泰莱阿特的这段生活描写得有色有声、生动逼真，可能与她自己幼年的经历很有关系。女作家年方三岁时母亲便撒手归天，留下幼女与严厉的父亲生活在一起。她父亲是位教授，曾任大学校长和教育部长，从小培养她坚强的性格，寄托于她身上极高的期望，希望她能像男孩子一样长大后有所成就。因此，小哈黛的童年不是作为一个普通女孩那样被教育，而更多地像一个男孩子那样逐渐成长。她的童年经历很可能正是《你的眼睛是我的命运》的女主人公泰莱阿特的原型。

阿拉伯女权运动在初始阶段同西方一样着重于争取教育权、就业权、参政权、离婚权，要求与男子同样平等的地位。泰莱阿特不仅获得了受教育的权利，还争得了就业权，找到了理想的工作。无论是在机关，还是在公司，抑或在学校，她都是和男同事平起平坐，有时甚至凌驾于男子之上。报酬优厚的工作同时也为她的经济地位奠定了基础（她攒了一个月的工资就能买得起一辆汽车）。有了这样的资本之后，她试图让父亲感到他们是平等的。实际上她也在向社会上所有的男性要求平等，要求在现存的象征秩序中获得同男人平等的机会和权利。有人认为“政治平等、经济平等、职业平等以及精神解放是初级阶段女权主义的重要标志”。依此看来，泰莱阿特基本上实现了女权主义初级阶段的内容和目标。尽管小说中没有明确谈到泰莱阿特的参政权问题，但是她每天晚上同父亲的话题却往往是关于政治的。这在一定程度上表现了她参与政治生活的意识。

装模作样的滑稽表演

女权主义的第二阶段一反初期要求平等的策略而强调“性别差异和独特性”，因过分注重“性话语”和“性差异”而导致逆向性歧视，否定男性而重设了中心/边缘的二元对立模式，使女权运动陷入了困境。对于妇女解放本来就进展得很缓慢、很不彻底的阿拉伯妇女而言，她们要么偏激地接受西方性解放、同性恋那样激进的方式，要么就完全予以摒弃。尽管在阿拉伯国家也曾有过哈黛·萨曼称之为“妇女解放的明星”的激进狂热的女权主义者，极力宣扬“妇女解放是反对男人的命运的搏斗”，声称“男人是阴险的恶人，女人是无辜的受害者”，制造出“阿拉伯男人是女人灾难渊源的错觉”(《从女人中解放出来》)，试图建立以女性为中心的新的象征秩序，但是这样激进的女权主义者在阿拉伯世界毕竟没有什么市场。可以说女权主义的第二阶段在阿拉伯社会是极其短暂的。这不仅是因为阿拉伯女权运动的薄弱基础和既有的禁锢太严太深使阿拉伯妇女很难接受过激的思想和行为，更重要的还在于这个阶段的女权运动从一开始就误入歧途。

在这方面，哈黛·萨曼的《你的眼睛是我的命运》中或者说在泰莱阿特这个人物身上没有太多具体的描述，但亦有所涉及。作家在小说中一再提到泰莱阿特要同太阳作战，要掩住它的尾巴，要让它从西方升起。这隐喻着女主人公对现存的男性象征秩序的颠覆意图，力图确定女性的主体性，恢复那曾一度失去的母系社会美丽的伊甸园神话。她不仅要取得与男性平等的地位，而且要超过男性，居于男性之上。她在办公室讲话时同事们毕恭毕敬地洗耳恭听，她经常旁若无人、放任自由地出入办公室却没有人敢过问。她不仅像阿拉伯男人那样去抽水烟筒，甚至学会了男子颐指气使的习气，在家中冲着母亲发脾气，对母亲做的饭菜乱加挑剔，母亲迟一些端上晚饭便会遭到她无端的指责。她自己作为一个女性曾经受到压迫，这时又加到别人的身上，由受压迫者变成了压迫者。

在其他阿拉伯作家的笔下也常常可以看到女权主义者这种表现偏激的现象。如黎巴嫩女作家丽拉·芭阿莱贝姬的《我活着》中的女主人公就误以为妇女解放就是像男人那样抽烟、喝酒，进电影院，泡咖啡馆，误认为妇女解放就是不理红装、不守妇道，就是要勇于献身。叙利亚女作家库雷特·扈莉的中篇小说《日月穿梭》中写到女性解放和女性同性恋问题，有的女性在自己的女同胞中寻找发泄性欲的对象，有的年轻姑娘则只为了证明自己是“解放的”女性而跌入匆匆过客的怀抱，“在没有情爱，甚至根本不可能爱的情况下”与之发生性关系。

像这样显示女性独特性与差异性的做法显然是错误的。泰莱阿特用以显示独特性的方法也是不少女性曾试过的。她最经常地用以显示其女性差异性和独特性的是她那种怪里怪气的打扮。遮住双眼的墨镜、包住飘逸秀发的头巾、掩住女性全身曲线的男式大衣使她“鹤立鸡群”，显得与众不同。然而，她的墨镜与男式大衣同时也使她显得像个怪物，一个非男非女的怪物。西方的女性主义批评家肖姗娜·费尔曼对换装的问题进行了分析：“如果仅仅是衣服，也就是说，一种文化符号，一个惯例，在决定着男性和女性，并确保性别的对立成为一种井然有序、等级分明的两极分化；如果真的只认衣衫不认人——男人或女人，那么，性别的角色就其本身而言，岂不成装模作样的滑稽表演了吗？性别角色不就只是现实的性别以及性别差异中模糊不清的复杂状况所演出的滑稽戏吗？”哈黛·萨曼也注意到这样的问题，所以浓墨重彩地渲染了女主人公换装的情节。泰莱阿特起初为自己换装后的独特形象而洋洋自得，但随着时间的推移，她越来越感到不自然。在年轻小伙子依马德的目光注视下，她甚至感到非常窘迫，发现自己看上去更像一位“穿着可笑服饰的演员”。这种感觉正是肖姗娜·费尔曼分析妇女换装所得到的印象。

泰莱阿特抛弃原有的女性服装而穿上具有鲜明男性特征的服装，其目的正像另一位女性主义批评家桑德拉·吉尔伯特所描述的那样，是试图“粉碎与性别等级相联系的统治与被统治的制度，并恢复原始的男女换装或无性别的混沌状态”。换装只是创造出一种表象，而衣服底下却遮盖着与表象截然相反的性别，由此而产生的复杂、混乱的心态让她感到烦躁不安。无论女人或男人都必须保持或不保持其性别，才有可能把自己看成是主体。而换装这种被压抑的性别摆动（或性别的不稳定性）造成了主体性的模糊不清，甚至丧失主体性的危险。

爱与温馨的命运归宿

泰莱阿特由换装引起的混乱心态在观察已婚女友的家庭生活时不但没有得到缓和，反而大大加剧了。她以某种“女权主义者”的角度去想象婚姻和家庭生活的状况，想象她那位女友赛勒娃婚后的处境。她原以为自己与赛勒娃会面将“看到她胖胖的糙裂的双手，她与丈夫激烈争吵得鼻子红红的，她迎风擦着一扇窗户，她的儿子在冷风中啼哭”。泰莱阿特急切地想通过与赛勒娃的会面来证明其观点的正确性，证明婚姻是一道限制女性自由的枷锁，是一座葬送女性幸福的坟墓。然而，真实的情景完全打碎了她的主观幻想，让她大失所望。她来到赛勒娃的家里没有听到夫妻的吵架声和孩子的啼哭声，相反地却听到轻柔的乐曲和醉人的笑声从室内传来；她看到的不是女友憔悴的脸色，却是一张透着玫瑰红的鲜艳的脸蛋；弥漫在居室每一个角落的温暖与温馨，令她想起办公室、公司和会议室里冷冰冰的气氛，把她在工作场所所取得的成就感与满足感一扫而空。

泰莱阿特的成就感就是女强人获得“成功”后必然产生的一种喜悦。然而，“对那些掌握和利用了男性朋友的力量在男性社会里成功的女性来说，她的成功意味着双重的负担和双重的失落：她必须同时是男人和女人却又同时不能被男人和女人接受”（裘其拉：《脑想男女事》）。泰莱阿特此时所处的正是这样的一种尴尬境地。与女友相比，她失去了女人的独特魅力和家庭温馨的享受；与女友的丈夫叙谈不仅没有激起她成功女性的喜悦，反而觉得极不自在。她开始觉得女友家中那“温暖的气氛在冲击她”，觉得墨镜夹得她不舒服，男式的衣领子也紧紧地箍着她的脖子，让她简直透不过气来。她进而怀疑：“谁能同太阳作对？同夜晚、道路与永恒抗争？”作为单独的个体，她是无法同大自然抗衡，也无法同强大的传统势力相抗争的。

于是，对“女权”与“女性”加以调和的新观念出现了，进入妇女运动的新阶段成为发展的必然。不再强调男女的对立，而强调男女互补的和谐，使女人不再成为男性对立的“准男性”，而是女人成为女人，男人成为男人，女人与男人共生、共存。经过疑虑、思考，泰莱阿特逃离原先为自己所设计的形象和空间，而去寻找她所向往的那个“家”。在一段时间的迷惘与徘徊之后，“一种毁灭的奇妙的力量在她身体里滋生。她想创造，创造一个家，组成一个家庭，营造一片气氛”。在这里，“家”被赋予了新的意义。“家”不再是传统意义上男人主宰的，由男人发号施令、女人当牛作马的社会单位，而是由女人和男人共同组成、共同操持并使之运作的，充满爱与温馨的命运之归宿。女性在家庭的地位不再被否定，女性的价值必须得到充分的体现。女性在“家”中不再处于配角地位，不再是“能干的主妇”和“绝对忠诚的奴隶”，而是主体性回归了的女人。对女性的贬抑与规范亦不复存在，取而代之的是男性的尊重与亲敬。对话、互补与共识将取代矛盾、对抗与冲突，从而把“家”推进到友爱、关怀和温情的具有新生意义的世界。

“从女人中解放出来”

哈黛·萨曼所要强调的就是这种女性与男性和谐共存的又不失女性特征的女性主义新观念。这种新观念是符合世界潮流、符合妇女运动的发展方向的。妇女运动由“女权”到“女性”、又由“女性”到“女人”的发展，显示出由求同到求异再由求异到求谐的轨迹，表现出女性主义“让世界充满爱”的善良愿望和对理想社会的向往，同时也表明女性主义意识形态和理论话语的成熟。哈黛·萨曼自幼受到磨炼，既了解阿拉伯传统的文化思想，又受到现代教育的陶冶，这使她能和其他一些阿拉伯当代女作家一起“深入到妇女解放的自身障碍之中”，“把对爱情婚姻的探讨引向纵深，揭示爱的误区，倡导构建合理的家庭格局和健康和谐的夫妻生活”（李琛：《四分之一个丈夫》）。而在欧洲亲历其境地接触了西方文化，看到西方女权主义者的运动，了解到她们的思想，也在一定程度上影响了萨曼对女性问题的看法，使她能站在历史的高度作出自己的判断，不自觉地达到与世界潮流的吻合。

另一方面，阿拉伯女权运动独特的经历显然也对哈黛·萨曼的女性主义思考产生了影响。阿拉伯女权运动是在男性的启蒙、倡导和支持下进行的。一些阿拉伯国家的妇女获得的权利“在很大程度上是进步政治家的赐予”（范若兰：《阿拉伯女权运动与西方女权运动的比较研究》），而不完全是女权运动自身的结果。男性政治家的态度有时是妇女地位提高的先决条件。利比亚前领导人卡扎菲就是个典型的例子。卡扎菲早年居然公开宣称“女人的作用是生孩子……如果女人不想生孩子，那么除了自杀别无其他选择”。但后来他的态度急剧转变，转而大力提倡妇女解放，使利比亚妇女地位大大提高。阿拉伯妇女解放运动在男性的引导下进行，其不彻底性是显而易见的，但不可否认也为妇女争得了一定的权益，在某种程度上提高了她们的地位，改善了她们的处境。因此，大部分阿拉伯妇女不仅少有对男性和父权制社会的批判，不像西方女权主义者那样猛烈批判以男性为中心的历史传统，发动彻底的婚姻革命，向父权和夫权挑战；相反地，阿拉伯妇女更多的是把男性看成是妇女解放的盟友。哈黛·萨曼就曾说过：“我从不把自己置于男人的对立面，视其为最大的灾难。”“我欢迎阿拉伯男人有关妇女解放的清醒言词。”一些大人物支持妇女解放的言辞更是赢得了妇女的认同和赞美。哈黛·萨曼就曾对谢赫·艾哈迈德·法赫德的话大加赞赏，认为“他以骑士的公允和高贵责备了阿拉伯男人”，因为法赫德说过这样的话：“我认为阿拉伯妇女是世界上最好的妇女，她们被剥夺了为阿拉伯社会进步有效地创作和贡献的机会。”

在哈黛·萨曼看来，要实现男女和谐共存的新思想，最重要的是要“从女人中解放出来”。而最需要解放的是居于两个极端的两种女人。一种是旧意识仍然十分浓厚的女人。她们仍停留于男性为中心的传统意识之中，维护封建和传统规范，充当旧传统的卫道士，反对解除传统对女性的禁锢与束缚，反对离婚，反对自由恋爱，反对妇女公开露面。退而居其次，她们无力抗拒旧传统，不想做反传统的先锋，但也不让自己的儿女去进行反抗。她们可以允许自己的儿子和别家的女孩保持暧昧关系，但自己的女儿绝不可以自由恋爱。她们同时扮演着牺牲品和刽子手这两种角色。因此，必须把这一部分妇女从深深地根植于她们思想深处的陈腐观念中解放出来，要从这些女人中解放出来。

另一种女人就是哈黛·萨曼所说的“妇女解放的明星”。她们极端地认为“男人是统治者、利己的冷酷的暴君”(《从女人中解放出来》)，是残害妇女的敌人，是摧毁女人的灾难渊源。她们也许是出于好意，出于从男人那里拯救女性的目的，但是这种过度的言行不仅不能对妇女解放运动有所助益，相反地将阻碍妇女解放运动的发展。有一些“明星”则走得更远，把西方的某些女权主义者所提倡的性解放和同性恋作为妇女获得解放的标志。殊不知,性解放“是一种由压抑的副作用而产生的堕落”(库雷特·扈莉:《四分之一丈夫》),实际上只是加重了妇女的奴隶性。

只有真正从这两种妇女的极端思想中解放出来,妇女解放运动才能正常发展,人类才能实现“世界充满爱”的美好思想,实现男性与女性平等而又不失各自特征的和谐共处,过着幸福、美满的人间生活。正像阿拉伯妇女解放运动的先驱、埃及女作家梅·齐亚黛构想的那样:未来的文明不是男性或女性单一的文明,而是整个人类的文明。只靠一个性别构建的畸形文明并非实现理想的模式。

阿拉伯评论家加利·舒克里对哈黛·萨曼的文学创造做过这样的评论:“她在天空翱翔之后,触摸到了幽深的思想,她触摸到了隐藏在进步背后的落后之新义,也触摸到了隐藏在落后之中的进步之新义。”这句话也正好可以用来为哈黛·萨曼的女性主义思考作一结语。

X　从殖民主义到后殖民主义

——观阿拉伯电影

阿拉伯人接触电影的时间很早。电影在世界上首映的时间仅一周之后，埃及人就极其幸运地欣赏到了人类的“第七艺术”。1896 年 1 月 6 日，一些埃及人在亚历山大城一个法国人开设的咖啡馆里观赏了电影艺术的创始人卢米埃尔兄弟摄制的《海水浴》《工厂的大门》和《火车到站》等短片（卢米埃尔兄弟创造的电影首映时间是 1895 年 12 月 28 日），同月底，在开罗市内又放映了同样的影片，受到埃及人的极大欢迎：“前天，在谢尼德游泳池大厅里，第一次放映了法国里昂人卢米埃尔先生发明的活动照片。到场的观众很多，他们对卢氏发明的这种超绝的新玩意儿目瞪口呆，赞叹不绝，这种玩意儿堪称世界奇迹。”（《支持报》，开罗，1896 年 1 月 30 日）其他的阿拉伯人都比埃及人晚接触电影，但各地接触电影艺术和自己国家拍摄电影的时间则相差甚远，如叙利亚人最早接触电影是在1908年于阿勒颇开始的，而阿拉伯世界最晚开始拍摄电影的国家卡塔尔则在2003年才开始拍摄纪录片，2007年才宣布要拍摄故事片。埃及、黎巴嫩、叙利亚等国家的电影在阿拉伯世界中具有更大的代表性。

东方好莱坞

阿拉伯早期电影从制作到放映都带有浓厚的殖民主义色彩。阿拉伯的第一座电影放映厅是1900年由意大利侨民善蒂在开罗创设的。而第一座正规的电影院则是法国“百代公司”于1904年在埃及亚历山大城建成的，称“百代电影院”。然后在短短的三四年时间里就有十几座电影院相继出现在开罗和亚历山大等大城市里。这些影院大都掌握在法国“百代公司”和“高蒙公司”手里。可以说，阿拉伯最初的电影放映也是被法国和意大利所垄断。那些垄断埃及电影放映业的法国人和意大利人最初放映的电影几乎都是法国或意大利制作，后来，美国电影也加入进来。

早期阿拉伯电影的殖民主义色彩在马格里布地区表现得尤为突出。这一地区的摩洛哥、突尼斯和阿尔及利亚在获得独立之前，处于法国的殖民统治之下，民族文化受到摧残，而作为“他者”的宗主国法国文化却在这些国家大行其道。电影行业更是如此，一方面是法国电影和其他的西方电影在这些国家占据了电影院的主导地位；另一方面，在突尼斯和阿尔及利亚拍摄的早期电影多局限于其美丽的地中海风光和迦太基文明遗迹，无论是本国影人还是西方导演在这里所拍摄的影片都很少反映当地的社会问题，更多的是突出表现了一种东方情调，因为这才是西方观众真正感兴趣的，能够满足西方人窥视东方的猎奇心理。但这样的影片对于本国的阿拉伯观众来说，没有太多的现实意义。

不仅埃及和马格里布地区如此，阿拉伯其他各国电影发展的最初阶段都带有浓厚的殖民主义色彩。这主要体现在两个方面：第一，电影最初在欧洲产生，因此欧洲有着先进的摄影技术，逐步完善的电影理论，欧洲电影商以之为强力后盾，全面控制阿拉伯电影市场以牟取利益，而阿拉伯国家的电影业一开始就陷入被动地位，在技术落后的状态下处于被压制、被剥夺发言权的殖民地状态；第二，电影是欧洲殖民者进行殖民统治需要而被引入阿拉伯国家的，为了从精神上奴役当地人民，电影成了美化殖民统治的工具，因而不可避免地传播了欧洲的价值观，带有文化上的殖民主义色彩。

阿拉伯各国早期的电影发展都经历了在技术上受制于欧洲的被动局面。如同现代戏剧首先在欧洲发源，然后再传入埃及，最终成为埃及文学的重要组成部分一样，埃及电影业也是在与欧洲接触的过程中逐渐成长的，并且由于其“历史最悠久，发展规模最大，影响最广”（张文建：《阿拉伯电影史》）而在阿拉伯世界中处于前列，开罗也成为阿拉伯世界的电影首都。

埃及电影的领先位置是由以下原因共同作用的结果。首先，欧洲殖民者的入侵客观上刺激了埃及当地文化事业发展，而埃及人对欧洲文化始终保持着敏锐的嗅觉和善于学习的开放心态。19世纪末到20世纪初，埃及面临着强大的外敌：欧洲殖民者和奥斯曼土耳其帝国。为了满足居住在亚历山大、开罗等埃及大城市中的欧洲移民的文化需求，也为了从精神上控制埃及人民，宣扬殖民主义理念，电影被引入埃及，电影文化和技术也随之传入。这促使埃及人也跃跃欲试，积极投入电影事业。其次，这得益于埃及戏剧事业的发展。"阿拉伯电影从诞生之日起就同戏剧艺术紧密联系在一起"(张文建:《阿拉伯电影史》)，而埃及的戏剧事业不仅自身发展日趋完善，而且还源源不断地向其他阿拉伯国家输送戏剧文化，帮助别国的戏剧艺术成长。戏剧的逐渐成熟为电影业提供了良好的基础，特别是两位文坛巨匠艾哈迈德·绍基和陶菲格·哈基姆的戏剧创作为电影文学提供了丰富的素材。事实上，埃及的戏剧更像是电影发展的过渡阶段，这不仅表现为许多戏剧演员转行投身电影艺术表演，还表现为许多戏剧艺术家将他们创作的舞台剧改编后搬上银幕，戏剧工作者成了埃及电影业的先行者。再次，埃及的民族解放运动在阿拉伯世界中兴起较早，埃及的民族工商业也随之解除封建主义的枷锁得以迅速发展，这为本国电影业的发展提供了必要的物质基础和储备。埃及的电影之花就在这些因素的共同作用下逐渐绽放。

然而电影事业在埃及的产生和发展并不是一帆风顺的。

早期电影完全由外国人控制，埃及人民只是作为看客存在，欧洲人认为埃及是潜在的电影消费市场，于是便竞相在埃及大城市中投资开设影院以便牟利，因此早期的埃及电影带有浓厚的殖民主义色彩。电影给埃及人带来了极大的愉悦，受到广泛欢迎，电影院也随之逐渐增多。乔治·萨杜尔的《世界电影史》中曾经提到："卢米埃尔的摄影师们（其中有北非人梅斯吉希）从1897年起就在埃及拍摄并放映影片。1908年埃及已有十几家影院，1917年增至八十家，这些电影院有的属百代和高蒙所有，有的归'布兰巧克力公司'或'马托西安烟草公司'所有，后两家公司把电影票作为奖券赠给他们的顾客。"在所有的这些电影院中，百代和高蒙是两家最大的法国公司，基本垄断了埃及的电影市场。然而意大利电影的涌入打破了法国的垄断，而20世纪20年代，美国好莱坞影业渐渐繁荣，逐渐征服世界。埃及成了欧美电影争夺市场份额的战场。

叙利亚对电影的了解远远落后于埃及。叙利亚人第一次接触电影已是1908年，比埃及整整晚了十二个年头，而叙利亚人自己经营电影放映则在1912年。正如土耳其在叙利亚戏剧发展史所起的中介作用，欧洲电影也是通过土耳其进入叙利亚的。一战期间，土耳其与德国结盟，德国电影通过土耳其大量进入叙利亚。虽然叙利亚起步较晚，但是叙利亚电影的产生仅仅比埃及落后一年，即1928年在大马士革首映的《无辜的被告》。然而种种不利因素遏制了叙利亚电影业的发展，叙利亚没有雄厚的民族工商业的投资支持，法国殖民者对叙利亚的多年殖民统治使叙利亚完全丧失了民族自主权，而对叙利亚电影业的打击更可以扼杀叙利亚人民的政治觉悟，以维护殖民统治。叙利亚在文化发展上并不像埃及一样自由开放，政府也不加重视，再加上埃及电影业如日中天，更对叙利亚电影业造成了排挤。

北非阿拉伯国家阿尔及利亚的电影事业可以追溯到法国殖民统治时期，然而当时的电影并不能被称为真正意义上的阿尔及利亚电影。这是因为阿尔及利亚人在当时电影中参与的比重很小。例如，阿尔及利亚独立前至一战时期，共有五十多部电影摄制完成，这些影片大都由外国公司拍摄，其中主要是法国人，而阿尔及利亚人在片中则饰演无关紧要的角色。在二战期间，法国殖民者开始在首都阿尔及尔和农村地区建立电影发行机构，进行殖民宣传。当阿尔及利亚获得独立时，全国共有三百家左右的影院，然而几乎所有的影院都按照三十五毫米标准放映。而这些影院大多集中在首都和另一大城市奥兰等欧洲人聚居的地方，主要目的也是为了满足当时的欧洲人（大多数为法国人）的需要。当时，在阿尔及利亚公司承担发行的一千四百多部电影长片中，只有七十部左右是埃及出产的，而就连这所占比例很小的埃及电影，都受到了来自欧洲和美国影片的强烈冲击。

事实上，阿拉伯国家在电影发展过程中所遭受的排挤在许多阿拉伯国家也同样上演。法国的长期殖民统治使黎巴嫩的电影生产起步较晚；伊拉克的早期电影也由外国人掌控经营;科威特电影事业更为落后,英国殖民主义者客观上刺激了当地的电影发展;此外还有北非的阿拉伯国家,例如突尼斯、摩洛哥等国,当地的电影事业是在法国殖民者进行殖民主义宣传中逐渐成长的,拍摄电影和放映也完全掌握在欧洲电影商手中。

在欧洲列强对阿拉伯国家进行殖民统治时,他们不仅从经济、政治上遏制当地的发展,更试图打击当地的文化事业,将欧洲文化传播到当地,虽然这在客观上刺激了当地文化事业的发展,然而这毕竟只是文化殖民的副产物,其主要目的是扭曲欧洲殖民的事实,为殖民者造势,从精神上奴役殖民地的人民。

开罗被称为东方的好莱坞,这种称号在肯定埃及在整个阿拉伯世界电影发展的地位时也暗含贬义。早期的埃及电影不仅在运营机制上向好莱坞学习,在拍摄手法上也吸收了娱乐片的模式,埃及导演大都师从欧美电影文化,当他们回国拍片的时候,就难免带有欧洲文化的印记,力图将阿拉伯风情和特色展现给观众,再加上阿拉伯民族本身就能歌善舞,因此,在有声电影出现后,歌舞片蓬勃发展。这些影片是以纯粹的娱乐性吸引观众的,只是为了获得商业上的成功。虽然其现实主义性不强,但对观众的影响却不可忽视。影片经常以豪华的沙龙为背景,主人公穿着华贵,情节主要以东方肚皮舞和歌唱表演为主。歌舞片粉饰太平,完全脱离了当时埃及的社会情况,麻痹了人民的斗志,客观上为殖民统治提供了方便。

欧洲影商还以影片为媒介、赤裸裸地替殖民行为辩护。摩洛哥位于非洲西北角，濒临大西洋和地中海，气候温和湿润，景色美丽宜人，花繁叶茂，被称为“烈日下的清凉国土”和“北非花园”，然而这块土地却并不平静，自 15 世纪始，欧洲列强就侵入摩洛哥，1904 年摩洛哥被法国和西班牙瓜分，1912 年摩洛哥完全沦为法国的殖民地。法国殖民者为了掩盖其罪行，“教化”当地居民做了不少手脚，而电影也是其中之一。1907 年，法国人米兹吉什扭曲法国军队炮轰卡萨布兰卡的事件，并拍摄纪录片，替法国殖民者做宣传，这种美化殖民者的行为在摩洛哥社会引起了轩然大波。

当时的埃及处于法鲁克王朝的统治下，统治者昏庸腐败，为了巩固统治，统治者与欧洲殖民者勾结，打击民族电影业的发展，因此在当时，勇于揭露社会现实的影片较少，而粉饰太平的居多，埃及的电影业因此遭到极大的限制。在欧洲殖民者和本国封建统治的双重重压下，阿拉伯各国民族电影的生存面临着严峻的考验，如何摆脱殖民主义色彩是阿拉伯早期电影人共同面对的问题，因此实现电影的本土化刻不容缓。

当观众走上银幕

阿拉伯电影的本土化主要是通过三个渠道实现的：第一，迫使欧洲电影商根据阿拉伯的市场需求进行调节，这在客观上促使他们吸引阿拉伯的本土力量参与影片的制作和拍摄，或者在影片中纳入阿拉伯文化；第二，阿拉伯的早期电影人在接触欧洲电影后，积极主动地学习电影艺术，或是拍摄阿拉伯风格的影片，或是改编欧美影片，用当地人民更能接受的方式实现电影的本土化；第三，埃及在阿拉伯电影发展中处于龙头地位，是阿拉伯电影之母，埃及电影在领导其他阿拉伯国家电影事业发展的同时，也对其造成了猛烈的冲击，因此在其他国家实现电影的本土化，还必须摆脱埃及模式的影响。

戏剧表演在埃及有着深厚的基础，也是一种更为当地人喜闻乐见的艺术形式，埃及的文盲比例很高，这促使那些欧美的无声电影在受到埃及人一时的猛烈追捧后逐渐丧失了新鲜感，人们更愿意在喧嚣热闹的滑稽剧中打发时光。欧美电影商在短期的票房低迷中迅速捕捉到了信息，他们为了给本国影片打开销路，在影片放映前往往先放一小段当地人喜爱的小节目，以此作为促销手段吸引观众。这些加片取材于埃及人所熟悉的日常生活场景或者自然风情，阿拉伯人自己的文化被逐渐推向银幕。

一战以后出现了外国影商在埃及拍片活动的高潮。大量的法国、英国、意大利、德国或美国的影片在埃及拍摄，但全由外国人担任演员。1917 年，意大利-埃及影业公司成立，这个公司聘请意大利人奥沙托为导演，拍摄了《致命的花》《走向深渊》《贝都因人的荣誉》，然而这三部影片由于演员全为外国人而不为埃及人所接受，因而使制片商蒙受了巨大损失，这促使他们逐渐认识到要将电影在埃及本土化的必要性，也在客观上给了埃及人民真正接触电影，而不是充当看客的机会，话剧界的演员和艺术家纷纷尝试参加影片的拍摄，其中最著名的当数穆罕默德・凯里姆。外国电影商投资的电影越来越多的由埃及人自己熟悉的话剧演员或一般的埃及人演出，例如在开罗上映的《尼罗河之子》(1924 年摄制)就是由埃及的一个农民主演。

最早摄制影片的埃及人是穆罕默德・贝尤米。他对电影有着浓厚的兴趣，曾经自费去德国和奥地利学习电影艺术。1923 年，他的短片《大秘书》拍摄完毕，于 1924 年初上映，获得了极大的成功。贝尤米的努力打破了欧美在埃及市场的霸权，埃及著名电影艺术家和电影史学家艾哈迈德・卡迈勒・马尔西称赞贝尤米为“埃及电影之父”。然而这些短片毕竟不能被称为真正的电影，它们只是埃及电影史上的拓荒者最初的尝试。1927 年上映的故事长片《莱伊拉》才被埃及人认为是本土电影业的开端。因为从该片的导演、编剧、摄影、演员都是埃及本土的，从摄制到演出等各个环节都是由埃及人在本国完成，这给了一直在欧美电影后亦步亦趋的埃及电影人以强大的信心。影片的题材也是埃及本土题材，描述被族长领养的孤女莱伊拉住在地主拉乌夫位于沙漠边缘的庄园里，她喜欢上了邻居青年艾哈迈德，而地主拉乌夫却暗恋莱伊拉，在艾哈迈德向她求婚后两人发生了关系，但艾哈迈德在导游工作中认识了一位外国姑娘，同样喜欢艾哈迈德的外国姑娘散布消息说莱伊拉怀了艾哈迈德的孩子，族长一怒之下将莱伊拉逐出村子，使她流浪在外，祸不单行，怀有身孕的姑娘又不幸生病，处境悲惨，后在路上遇到坐车的地主拉乌夫，将其带回家，给予医治和安慰，病愈之后生下了艾哈迈德的孩子，地主不嫌弃娶她为妻，过上了幸福的生活。陆孝修、陈冬云认为，这部影片是“埃及 1919 年起义以后，民族资产阶级占有了生产资料之后，推销自身产品价格标签的典型”。

实现电影的本土化还来自对欧美电影的阿拉伯化。20 世纪 20 年代，美国导演乔治·梅尔福特拍摄影片《酋长》，鲁道夫·瓦伦蒂诺创造了一个好色的阿拉伯酋长形象。1927 年，埃及电影发展的又一对先驱者易卜拉欣·拉马及其兄长巴德尔对该片进行了改编，改名为《沙漠中的一吻》。虽然该片在放映时间尚早于《莱伊拉》，但由于其演员大都为欧洲侨民而不能算是埃及本土化的电影，然而这毕竟是将欧美影片本土化的一次尝试。20 世纪 20 年代末，美国有声电影的出现，给低迷的埃及电影市场带来了新的生机，30 年代，早期电影人纷纷投身有声电影的创作，埃及电影业获得极大的发展，也就是在这个时期，埃及电影开始走向阿拉伯的大舞台，它的成功也鼓励了其他阿拉伯国家电影业的萌芽和本土化。

继拉马兄弟之后，喜剧表演艺术家纳吉布·里哈尼在法国导演的帮助下，将一部法国电影改编为埃及影片《宝石》，此后改编或借鉴欧美电影的现象逐渐普遍。二战爆发后，有感于当时社会状况，一大批以反映、揭露现实为己任的电影人在埃及出现，他们大都深受法国和德国的现实主义电影思潮影响，其中最为引人注目的是因拍摄影片《意志》而一举成功的卡玛尔·塞利姆，他酷爱艺术，自学成才，对西方文学的了解促使他将法国浪漫主义大师雨果的《悲惨世界》和英国伟大戏剧家莎士比亚的《罗密欧与朱丽叶》进行了本土化的改编，并搬上银幕。40年代上半期，受西方音乐片的影响，法国作家小仲马的名著《茶花女》也被搬上银幕，改编成《茶花女——莱拉》。

然而过分依赖国外电影剧本，将其阿拉伯化的做法并不总能得到本国人民的青睐。事实上，欧美影片或剧本中透露出的是欧美的价值观和生活方式，传递的是欧美文化，而阿拉伯-伊斯兰文化却与之大不相同，虽然经过埃及电影人的改头换面，用埃及人熟悉的生活场景取而代之，又由埃及人自己演绎，但这种嫁接了阿拉伯风格的影片却并不具有艺术上的美感，在观众中也反响平平。而且外国的经典名著还曾经数次被不同的电影公司改编后搬上银幕，这种盲目改编的后果导致埃及的电影人放弃了阿拉伯-伊斯兰文化的深厚底蕴，也脱离了当时的社会现实，造成了电影资源的浪费和剧作者的惰性。而且二战后模仿欧美歌舞片、喜剧片的风气也给当时的社会带来了不良风气，在当时法鲁克王朝的黑暗统治下，埃及国内更需要能彻底反映现实、揭露现实的进步、爱国的思想潮流来激发埃及民众反帝反封建的决心和意志，而不是影片中的靡靡之音。

埃及扶持了其他阿拉伯国家电影的发展，但同时其强大的竞争力也对当地的电影业造成威胁。伊拉克的电影发展便是在埃及电影的冲击下逐渐丰满羽翼的。埃及电影的成功吸引了许多慕名前来的伊拉克青年，在埃及学习医学的阿迪伦·阿卜杜·瓦哈比成立了第一个伊拉克电影公司——拉希德电影公司，与埃及合作拍摄了《东方之子》，影片由两国当时著名的影星和歌星联袂演出，于 1946 年 11 月 20 日在伊拉克首映并大获成功。女星麦蒂哈·耶斯丽的表演吸引了大批观众，伊拉克人为他们的演员能和埃及明星同台演出而欢呼雀跃。此后，又有三部影片问世，但是这些影片模仿了埃及影片的风格和模式。1953 年，一些电影爱好者成立了艺术世界电影公司，并拍摄影片《菲蒂娜和哈桑》，该片在 1955 年 6 月 22 日首映后，连续上映了两周，并在伊拉克各省巡回放映，这部影片的成功之处在于它反映了伊拉克人所熟悉的社会生活，展示了伊拉克农村青年的爱情故事，因而引起了观众强烈的共鸣。与前四部影片不同，它是没有依靠埃及电影支持而完全依靠伊拉克人自己的力量拍摄的影片，可以说，这是伊拉克电影真正实现本土化的一个里程碑，这部电影的成功也是伊拉克电影业真正获得独立的成功。

摩洛哥的电影在很长时间内一直在法国的控制下。1896 年卢米埃尔兄弟曾经在摩洛哥拍摄了一系列风光短片，并在次年放映，让摩洛哥人首次接触到了电影艺术。1948 年至 1955 年，世界上许多著名电影都在摩洛哥拍摄完成，例如《第七个门》《沙漠婚礼》《阿里巴巴和四十大盗》等，然而由摩洛哥人自己导演拍摄的影片却尚未出现。电影院也从 1945 年的八十家增加到了 1956 年的一百五十家，到 60 年代甚至超过了二百五十家。由于进口影片充斥了市场，日益扩大的市场需求并没有给摩洛哥的本土电影带来发展的机遇。1956 年,摩洛哥获得独立,然而直到十二年后的 1968 年,才出现了真正由摩洛哥人自制的影片。那就是 1968 年初的长片,由穆罕默德·塔齐和艾哈迈德·米斯纳维共同执导的《生活就是斗争》,此后还有同年拍摄的阿卜杜·阿齐兹·拉马丹执导的《当椰枣成熟时》。

70 年代,阿卜杜拉·米斯巴哈和苏海勒·本·巴拉凯成为摩洛哥电影的中流砥柱。埃及的电影模式成了米斯巴哈模仿的对象,他模仿穆罕默德·塔齐和米斯纳维在《生活就是斗争》中开创的道路,在他拍摄的许多影片中都沿用了这种模式,例如 1973 年拍摄的影片《闭嘴,别往前走》和另一部商业片《明天不会天翻地覆》等。埃及模式的歌舞商业片给摩洛哥带来了成功,摩洛哥的影片也以著名歌星为卖点吸引观众,例如《闭嘴,别往前走》的主角歌星阿卜杜·哈迪·拜勒黑耶退和 1982 年候斯尼·穆夫梯的影片《悔之泪》中的主角歌星穆罕默德·哈耶尼。

摩洛哥的电影在相当长的时间内,都是在欧洲模式和埃及模式中徘徊,并获得了极大的商业成功,例如模仿埃及模式的《悔之泪》和改编来自西班牙的情节剧而成的电影《流血的婚礼》。然而模仿并不能形成摩洛哥自己的风格和特色,将影片本土化、反映社会现实才是电影发展的正道。事实上,摩洛哥的电影人完全有这样的能力。苏海勒·本·巴拉凯就曾经拍摄影片《杀人狂》,揭露了南非白人政权屠杀当地黑人的罪恶行径,并首次获得国际电影节的大奖,此外还有穆斯塔法·德卡维，他的影片富有现实主义电影的思想艺术特色，而艾哈迈德·马努尼的《日子》真实反映了农村的现实，还作为摩洛哥的参展片参加了戛纳国际电影节和迦太基电影节。

阿尔及利亚电影在经历了早期备受殖民者压制的阶段后，在发展的过程中逐渐形成了自己的特色，而其本土化最明显的成就就是出现了表现革命题材的“圣战电影”。让欧洲殖民者万分惊异的是当他们用电影试图驯服阿尔及利亚的人民时，当地人民却利用起了这一武器，让它在人民为了阿尔及利亚浴血拼搏、解放阿尔及利亚时发挥了极大的作用。阿尔及利亚的民族解放阵线组织了一些电影人才拍摄纪录片，其中最为著名的是卢涅·弗蒂耶。1959 年，他的著名纪录片《战火中的阿尔及利亚》上映，该片最早向世界报道了阿尔及利亚的民族解放事业。此外，阿尔及利亚临时政府还成立了电影摄制机构，拍摄了大量短片，大部分由贾迈勒·汉德利摄制完成，当他在国家取得独立后退休时，哈米纳沿着他的足印，在艰难条件下坚持自己的电影事业，将电影作为宣扬爱国主义的武器，最终成为马格里布地区最为杰出的电影人之一。而当阿尔及利亚获得独立后，新政府在国有电影业中发挥了主要的作用，并宣布了电影业的国有化。阿尔及利亚的电影业是在战火中成长起来的，因此在独立后的十年内抗法战争成了其主要创作源泉。许多早期的电影人同时也是参加阿尔及利亚革命的斗士，这就使得影片大都以八年抗法作为主题，揭露法国殖民者的暴虐行径，讴歌人民不畏强权的英勇斗争。圣战电影的出现大大鼓舞了独立之后的阿尔及利亚人民，起到了很好的爱国主义宣传作用。

阿尔及利亚电影在本土化的过程中遇到的阻力相比其他国家要小，这主要是由于以下两个原因：第一，早期的电影人都积极参加了阿尔及利亚的解放运动，他们反殖民主义斗争的经历使得他们比任何人都格外珍惜来之不易的独立。例如卢涅·弗蒂耶、杰克·沙勒比都是民族解放阵线的成员，哈米纳与艾哈迈德·阿里米都曾经在阿尔及利亚民族解放阵线下属的电影工作队工作并拍摄纪录片，穆罕默德·赛里姆·里亚德曾经由于其政治言论而在巴黎被捕，阿卜杜·阿齐兹·托勒比曾经参加解放斗争。这些解放运动中的斗士同时也是阿尔及利亚电影业的中流砥柱。1975 年以后，老导演哈米纳仍然宝刀未老，他的《烽火年代》反映了人民反抗法国殖民统治的艰苦卓绝的斗争，它以史诗般的画面获得了戛纳国际电影节的一致好评，并获得金奖。而穆罕默德·赛里姆·里亚德也在学习美国电影的基础上，拍摄影片《南风》和《对一起爆炸案的剖析》，在国内受到热烈欢迎。导演的艺术生命力旺盛，这对电影的发展大有裨益。第二，当时的导演大都没有受过正规的学院教育，他们在拍摄中大多充当助手，并在法国片场或学校学习，然而值得庆幸的是他们受法国影响并不深，这就减轻了电影在本土化过程中遇到的阻碍。例如哈米纳为了能在片场实际学习而曾经辍学，而里亚德、巴蒂等也都有在法国片场学习的经历，哈迈德·阿里米曾经在法国的电影学院学习过八个月，穆罕默德·艾敏·米尔巴哈以及赛义德·阿里·马兹夫等也都在阿尔及利亚的法国学校学习过电影艺术。

在将电影本土化的过程中，阿拉伯电影工作者受到了诸般阻挠。如在1956年以前，即突尼斯摆脱法国殖民统治之前，突尼斯的电影文化已经有了相当的发展。1958年，突尼斯第一家集导演、拍摄、发行及放映于一体的国有公司成立。60年代初期，该公司试图摆脱国外公司对突尼斯市场的控制，然而在国外公司的强烈反对下，政府只能做出让步，突尼斯电影本土化的努力遭到失败。摩洛哥的电影也受外国电影公司（主要是法国和意大利公司）的重要影响，在本土化的道路上仍然需要更多的努力。然而，在吸收国外经验的过程中，阿拉伯国家本国的电影业必定会逐渐成长、成熟，实现电影的本土化只是必然结果。

西方眼中的“他者”

电影的历史虽然只有短暂的一百余年，但是它在人们生活中所起的作用，却不可估量。作为文化传播的手段和工具，电影以它独特的艺术表现手法，塑造了栩栩如生的银幕形象。然而电影的意义何在？显然电影的意义并不能只限于提供给银幕前的观众以休闲和娱乐，而是应该通过电影语言、电影故事以及所使用的电影手段表现出更为深刻的含义。艾哈迈德·

谢尔巴绥谢赫曾经说过，艺术的目标是为了激发人们对宗教的热爱，而圣洁的宗教也鼓励艺术的发展。如果说诗篇、小说、散文等文学作品能起到影响人们的价值观和行为等作用的话，那么戏剧、歌剧、音乐、电影等艺术形式也能够引导人们提高道德水平，艺术应该以信仰为基础，以弘扬阿拉伯的民族性为目标，以崇高的道德观念为讲台，宣扬真善美。阿拉伯电影所要承担的艺术责任也正在于此。然而当电影事业发展到今天，某些电影人却表现了一种后殖民的心态，他们的作品非但没有成为表现阿拉伯民族特色的镜子，反而对其加以扭曲，使之成为西方眼中的他者形象。

后殖民主义的真正开始起源于 1947 年的印度独立。后殖民主义者认为西方对自身充满了强烈的民族优越感，并在思想、文化等领域都处于主导地位，西方试图将自己的思想意识和价值观强加于东方，使之具有普世意义。而东方则处于逐渐失去话语权的边缘地位，成为西方意识和文化中浓缩出来的二元对立中的“他者”，东方所代表的也就不仅仅是地理意义上东方国家和文化的特色，而是西方所期望看到的东方，是西方想象中的东方，体现的是西方集体的意识及文化。后殖民主义者的代表人物是爱德华·赛义德、佳亚特里·斯皮瓦克和霍米·巴巴这三位出身于第三世界国家的学者，他们利用后殖民主义这个武器向西方挑战。然而不得不注意的是，他们从血缘上来说，虽然都来自第三世界，但他们所使用的话语却都是属于西方语境的，而且他们都在西方获得了一定的学术地位。这就构成了一个悖论，他们用西方的语言呐喊，企图让西方重新审视东方，但这种为东方所处地位不公的呐喊却成了他们跻身西方的学术圈的资本，于是他们又在不自觉中让东方被看，反而使他者化的倾向更为明显。

电影的发展也正是如此，阿拉伯国家的电影事业在西方电影的强势挤压下，逐渐陷入了后殖民性的困境。阿拉伯电影的出现是在西方电影的刺激下萌发的，在此后的发展中，也与西方电影紧密相连，电影工作者或是乐于前往西方学习先进的摄影技术，或是视观摩西方经典电影为学习机会，这虽然加快了本国电影的成熟，但也不可避免地受到西方文化的影响，这主要表现为影像和文化层次的内在冲突。在欧美的各种新式电影手法为阿拉伯电影人所熟练掌握后，有一些阿拉伯的电影非但没有成为阿拉伯民族性的载体，反而处处流露出一种伪民族性，阿拉伯民族的历史与现实由此被扭曲。有些阿拉伯电影人渴望得到西方的承认，在将本国电影与西方电影靠拢的同时，也丧失了自己的一些特色，并不自觉地以西方的审美尺度去观照本国的电影，将西方乐于见到的一些阿拉伯形象搬上银幕，以此作为获得西方承认的筹码。

当代的阿拉伯电影也在继续关注阿拉伯社会的现实生活，电影人也努力在朝着民族化的方向发展，但是，我们看到阿拉伯当代拍摄的电影中有不少影片具有很严重的后殖民情结。“后殖民有两种含义：一是时间上的完结，从前的殖民控制已经结束；另一个含义是意义的取代，即殖民主义已经被取代，不再存在。但第二个含义是有争议的。如果说殖民主义是维持不平等的政治和经济权力的话，那么，我们所处的时代仍然没有超越殖民主义。'殖民化'表现为帝国主义对第三世界国家在经济上进行资本垄断、在社会和文化上进行'西化'的渗透，移植西方的生活模式和文化习俗，从而弱化和瓦解当地居民的民族意识。"（张京媛：《后殖民理论与文化批评》）由此观之，一部分当代阿拉伯电影人对西方文化的接受甚至推崇，他们的电影中所表现出来的西化了的价值观念，已经使阿拉伯当代电影具有了浓厚的后殖民色彩。而此类电影也由于在相当大的程度上迎合了西方观众的审美情趣，不仅受到了影评人的关注，而且拥有了一定的文化市场。阿拉伯电影人在当代拍摄的《民主时代》《亚历山大，为什么？》《杏德和卡米丽娅的梦想》《奔向南方》等就是比较典型的迎合了西方的，具有后殖民色彩的电影。

20 世纪 90 年代后期，埃及的电影工作者阿提娅・艾卜努迪拍了一部以民主选举为题材的纪录片，片名就叫《民主时代》，记录了 1995 年埃及人民议会选举中女候选人们的成功与失败，被西方影评家认为是一部"划时代的纪录片"影片。

埃及导演优素福・沙欣的自传体三部曲《亚历山大，为什么？》在阿拉伯各国由于使用第一人称叙述的方式和尝试界定文化身份而被禁演。故事说的是，1942 年当隆美尔的军队接近亚历山大城时，一些人为胜利者欢呼雀跃，而犹太人则忙着准备逃亡。一个报复心极强的贵族买通了一些英国士兵去诱杀犹太人，但他本人最终却爱上了一个年轻的女俘。由于巴勒斯坦问题的存在，阿拉伯人和以色列犹太人之间结下了不解之仇，作为一位阿拉伯的贵族居然爱上一个民族的仇人，这在绝大多数的阿拉伯人看来是一件非常难以接受的事情。因此，影片在阿拉伯各国被禁止放映，实属正常。但西方人却对这部电影青睐有加，主要的原因就在于：一、这是被禁止放映的电影，越是被禁，他们越是想要了解，也越想要破坏阿拉伯政府的禁令；二、自从二战以后，以美国为首的西方国家基本上都支持犹太人在中东地区的存在，都站在以色列人的立场上，既然阿拉伯贵族爱上的是一位犹太人姑娘，那不是可以证明犹太人的魅力吗？三、在阿拉伯人和犹太人之间发生的这段爱情，跨越了民族的鸿沟，消弭了相互之间的仇恨，表现出了西方人所宣扬的人性。因此，西方人乐于观赏这样一部符合他们审美要求的影片。也正因如此，该片获得了柏林国际电影节的银熊奖和评委特别奖。

在《杏德和卡米丽娅的梦想》这部电影中，杏德和卡米丽娅是两个女佣人，她们俩都受尽雇主的虐待，也都受到她们的男性亲属的压迫。经过了许多的失望与不幸，她们痛下决心要自谋生计。影片对埃及穷人特别是贫困妇女生活的残酷与无望提供了一种非常有说服力的描写。

由埃及导演谢里夫·阿拉发执导的《羊肉串与恐怖主义》是一部闹剧。影片对现代埃及的极为荒谬的官僚作风进行了无情的讽刺和猛烈的抨击。《金字塔周刊》在评论时说该片非常“机智地对野蛮社会进行了揭露”。埃及的大笑星戏剧演员阿迪尔·伊马姆饰演剧中的父亲角色。这位普通的父亲想让儿子转学到离家较近的一所学校。为了办理儿子转学所需要的手续，他来到穆格迈阿——犹如铁板一块的开罗官僚机构的中心所在地。他态度诚恳地请求那里的官员给他开证明、办手续，但自始至终没有人理他。到最后，他实在忍无可忍，他抓住一个在办公桌前没完没了地念经、祈祷的大胡子原教旨主义官员。于是，他成了一个袭击政府官员的恐怖分子。全副武装的警察部队迅速赶到现场，捉拿“恐怖分子”。在格斗中，一把手枪神差鬼使地塞到他的手中。形势发生了变化，警察怕他开枪杀人而不敢轻举妄动，并且软化了立场，内政部长亲自和他谈判。作为一个“恐怖分子”，他向内政部长提出的要求很简单：给他提供羊肉串，要用最高级的羔羊肉做的羊肉串。可是，在和他的人质饱餐了一顿之后，他又提出了新的条件，这些新的条件越提越具有政治色彩。他要求政府提供药品、良好的学校，最后还要求内阁总理辞职！具有讽刺意义的是，本来具有“恐怖分子”潜质的原教旨主义分子却成了人质。尽管影片中所反映的是埃及的现实，但是我们从影片所涉及的几个方面的内容仍可感受到其中所蕴涵的西方主义/他者化倾向，因为导演在这里所表现的阿拉伯人/埃及人形象恰恰是西方媒体所描绘的阿拉伯人形象，甚至是整个东方人形象中的几个重要的侧面：官僚作风严重，医疗卫生事业落后，教育条件差、水平低，恐怖活动频繁，社会动荡不安。

由杰斯·萨鲁姆和沃利得·拉阿德共同执导的黎巴嫩电

影《奔向南方》紧紧抓住了以色列占领黎巴嫩南部和阿拉伯人顽强抵抗的重要题材，虽然也可以把它看成是一部表现民族主义题材的影片，台湾地区的“艺术与社会”网站上发表的帖子称：“此部纪录片引领阿拉伯世界艺术创作的新趋势，它为政治性纪录片设下新的典范，片中清楚呈现政治上的纷扰，而非流于陈腐、意识形态的教条。艺术家以敏感又成熟的政治手腕触碰黎巴嫩南部的问题，他们避免了此类纪录片难以逃避的沉重政治议题。”但电影表达的思想却远不止于此，“它还检验了不连贯的然而却很流行的几个概念，诸如‘国土’‘文化’与‘身份’等，这是一些与东方和西方都有着紧密关系的概念。（影片中）对‘恐怖主义’‘侵占’‘殖民主义’‘后殖民主义’‘真相’‘神话’和‘殉难’等的探讨，丝毫不亚于西方对这一地区的知识的生产，为纪录片类型的类似批评提供了极好的机会。”可以说影片采用的是西方人的视角，阐释的是西方人的观念。如果真正从阿拉伯人的视角出发，那么导演不会花那么大的力气去探讨“恐怖主义”的问题，起码不会把重点放在这样一个西方人更为关注的问题，更确切地说，是西方人感到担忧甚至恐惧的问题。如果不是带着他者的眼光，那么，作为一个阿拉伯导演，他所关注的和他所要探讨的重点应该在于“侵占”“殖民主义”和“后殖民主义”，他会用批判的眼光去看待在西方人特别是美国人默认（甚至于支持）下的以色列占领行动。

《赛布阿》和《诞辰》等影片也在西方占据了一定的市场，但是这类电影由于较为深入地描绘了阿拉伯社会具有准人类学意义的风俗图景，在很大的程度上能够满足西方观众对异国情调的需求。

《赛布阿》这部电影描述了有关埃及庆贺婴儿诞生的风俗习惯。这种庆贺仪式被称为“赛布阿”，意为“第七日”。在埃及，无论城市还是乡村，无论是科普特家庭还是穆斯林家庭，无论是上层社会还是下层百姓，无论是生男还是生女，在婴儿诞生的第七日都要举行这一“赛布阿”仪式。庆典上专用的陶罐上所雕塑的图像有着明显的性别象征，同时也反映了数字七在古代埃及宇宙论中的象征意义。影片描绘了一家埃及中产阶级家庭为出生的双胞胎举行“赛布阿”仪式，对这种习俗进行了人类学意义上的分析与透视。

影片《诞辰》描述一个公共节日，纪念一位圣人诞辰的宗教节日。这部影片生动地再现了人们为纪念 13 世纪的穆斯林圣徒赛义德·艾哈迈德·贝德威的七百年诞辰的宗教情绪和欢乐心情。在埃及坦塔地区，每年棉花收获的季节都要举行这种纪念活动。这部影片为西方观众了解阿拉伯的风俗人情提供了一个侧面，同时也符合西方人对阿拉伯人宗教狂热性的想象。

在西方眼中，中东地区是个神秘之地，充满了他们所要追求的异国情调，也是个适于冒险的地方。伊斯兰教严格的教义教规，裹着头巾的阿拉伯人，无边无际的沙漠，都给人们以无尽的遐想。因此在阿拉伯国家的电影中，故事发生的环境是东方的，但其情节却往往为西方观影者所熟悉。在这些反映“阿拉伯民族性”的影片中演绎的往往是一些对于西方人来说并不陌生的主题、故事、情节甚至细节，从而唤起西方人的认同，使他们从东方故事中得到满足，对于自己的文化兴起浓厚的优越感。

西方文化政策对阿拉伯国家造成了强烈冲击，面对西方文化的自夸和自负，以好莱坞为代表的新殖民主义正在逐渐消解阿拉伯民族的特性，性、传统风俗这些昔日阿拉伯电影中较少涉及的题材也被渐渐搬上银幕，在西方看客的审视下一览无遗。事实上，这也是整个第三世界社会普遍面临的文化问题。西方高科技带来的诱惑是难以拒绝的，包括阿拉伯国家在内的第三世界在引进高科技的同时也必须时时警惕科技发展带来的副产品，那就是文化的殖民，科技没有国界，然而文化却有鲜明的国界，且与政治紧密相连。阿拉伯国家既想保持其民族特性拒绝西方，却又不得不在科学技术上处处受制于人，对西方的一切欲拒还迎，陷入窘境。

摩洛哥电影在阿拉伯国家中起步较晚，直到 20 世纪 60 年代才开始有自己的电影。近二十年来，国家对电影事业加以扶持，发展节奏逐渐加快，每年能生产八到十部电影。摩洛哥曾经师从埃及学习电影艺术，但是在今天，西方发达的电影技术和文化才是他们学习的对象。摩洛哥企图以电影为媒介与世界交流，然而令人遗憾的是，在国外学习电影艺术或是在国外导演的帮助下拍摄电影的摩洛哥导演却在电影中表现了摩洛哥的落后和贫穷，展现了当地的民俗和传统习惯，因而在本国引起抗议，被指责为歪曲事实，迎合西方。

外国资本也对阿拉伯电影造成强烈冲击。埃及举办的亚历山大电影节是阿拉伯电影界的一项盛事，在 2000 年电影节上，却出现了法国资本投资电影，然后又一手将该电影捧上顶端的咄咄怪事。以至于突尼斯电影导演在电影节结束后不无讽刺地说如果他有机会获得法国投资，一定也会在电影节折桂。电影节大爆冷门，《紧闭的门》和《2000 年》这两部电影捧走了电影节的十九项奖项，这两部电影全是由法国投资，令人奇怪的是该电影的投资方居然同时也是电影节的评审委员会委员，而更令人奇怪的是提名该电影获奖的评审委员会委员竟是和获奖影片导演阿退夫·希高嘎同为一个电影公司工作的导演爱诗玛·柏克尔，而爱诗玛·柏克尔电影《乞丐和绅士》的拍摄更是获得了阿退夫·希高嘎的鼎力协助。如果对亚历山大电影节寻根问底，不难发现其庞大的人情网背后纠结难分的利益网。

有人称亚历山大电影节就是投资方一手操办的电影议会，他们不仅对电影进行投资，而且还操纵了电影的评审，从而使那些有法国风味、符合法国人审美特征的电影获胜。美国电影大行其道对阿拉伯各国电影业的发展都造成了威胁。而以法国电影来对抗美国电影，似乎又给人以刚出虎穴又入狼窝之感。两者都无益于当地文艺事业的健康发展，无论是美国风格还是法国口味，都是在不动一兵一卒的情况下对阿拉伯国家进行新的文化殖民，阿拉伯的民族特色都在两者的参与下变了味，成了西方观众乐于见到的“阿拉伯形象”。

突尼斯电影曾经是法国的“殖民地”，法国对突尼斯电影的产生和发展有直接影响。突尼斯电影的特点是以外国投资资助本国拍片。早期电影反映了突尼斯人民的反帝反封建的斗争，以欧玛尔·哈利菲的《黎明》为代表，他为突尼斯电影关注社会问题打下了良好的基础，此后在突尼斯电影史上出现了许多反映现实的优秀电影，例如反映农村人口流入城市的《明天》，反映妇女问题的《阿齐扎》，反映突尼斯移民在法国生活引起的价值、道德观等变化的《行者》等等。突尼斯电影的拍摄主要是与外国电影公司（主要是法国）合作，并没有对电影实行国有化，这在客观上活跃了电影市场的蓬勃发展，与欧洲电影的亲密接触促使其电影拍摄技巧更趋成熟和先进，然而正所谓成也萧何败也萧何，这同时也导致突尼斯电影陷入了既想保持个性又不得不迎合西方审美而丧失个性的两难境地。

突尼斯专管电影生产发行的文化部每年对电影的投入不到需求的60%，这正是促使突尼斯导演不惜接受附加条件也要积极寻求外国资本支持的原因，外国资金是伴随着其思想意识一起注入突尼斯电影中的，导演不得不在其影片中加入突尼斯社会生活的民俗、传统元素或是性的引诱和刺激，以保证影片的市场。而一些导演为了占据市场，也对这种风气推波助澜，以异国风情和性为手段作为赚取票房和声誉的筹码。这些电影只能被称为在突尼斯土地上拍摄的电影，并没有真正反映突尼斯文化。突尼斯电影的出路究竟在何方？也许正如导演纳赛尔·卡塔里所说，跨国电影公司的介入已经阻碍了突尼斯电影的发展，导致了其水平的下降，文化部应该对电影的生产、发行加强监督，以免丧失个性寄生于外国资本成为附庸。

随着西方文化在全球的势力扩张，包括阿拉伯国家在内的东方国家的文化事业都不可避免地被染上后殖民主义的色彩，虽然不能说是仰人鼻息，但也至少是在夹缝中努力地求生存。阿拉伯国家渴望伸张自我价值，保持阿拉伯民族的个性，但要真正实现本民族文化的独立和自主发展仍要付出相当的努力。因为只要有交流的存在，误读就难以避免。西方对阿拉伯世界的了解大部分出自想象，或是局限于欧美的东方学家对阿拉伯国家的只是帐篷、骆驼、部落等几个关键词的描述和勾勒，而他们了解阿拉伯世界的比较直观的渠道就是电影等文艺产品，只有提高阿拉伯国家在政治、经济、文化等各个方面的形象，才能使西方以平等的心态看待东方，在平等的交流中减少误读的发生，才能消除银幕上的恶劣的种族歧视现象，让世界看到真正的阿拉伯形象，而这正需要阿拉伯世界的共同努力，道路虽然仍然漫长，但是希望必将在前方。

后 记

国内读者对阿拉伯文学的了解还不多，很多人一说到阿拉伯文学，第一印象便是《天方夜谭》《一千零一夜》，有些学者甚至认为《天方夜谭》代表了阿拉伯文学的最高成就。我自己恰好也对《天方夜谭》有很大的兴趣，而且写过相关的文章，故而在这本小书里的头两篇都是对《天方夜谭》的解读。但实际上《天方夜谭》只是阿拉伯文学最优秀的作品之一。笔者曾经在一篇文章中对此做出过解释。在阿拉伯人自己看来，其实古代的阿拉伯诗歌更能代表阿拉伯人的文学。他们普遍认为“诗歌是阿拉伯人的文献”，尤其是贾希利叶时期的诗歌在阿拉伯学者看来还具备了历史的功能，因为贾希利叶时期的文学基本上是口传文学，后来才被记录下来，这些被记录下来的诗歌文本成为阿拉伯人探寻当时社会状况的主要文献依据。

相对而言，《天方夜谭》虽然成为了阿拉伯重要的文化遗产，也是世界的文化遗产，但是在阿拉伯人看来，并不能完全代表阿拉伯文学的最高成就，一方面是因为《天方夜谭》不是阿拉伯人原创的文学作品，而是舶来品，是从印度的故事编译成为波斯的巴列维文以后再转译成阿拉伯文，后来经阿拉伯一代又一代的民间故事讲述人不断补充、完善，加进了很多巴格达的故事和埃及的故事，逐渐形成了相对定型的《天方夜谭》，并从阿拉伯传到世界各国；另一方面，阿拉伯人比较崇尚的还是诗歌，他们把诗歌当成雅文学，而把故事类的作品看作俗文学，《天方夜谭》自然被归入了俗文学的范畴。这种认知与中国人对古代文学的认知基本上是一致的。再加上《天方夜谭》作为一本民间文学故事集，带有民间文学特别是说书文学的性质，多多少少有一些低俗的东西，以传统的眼光去审视，它自然是难登大雅之堂的。但不管怎么说，这一部作品无论是对历代的阿拉伯读者还是世界范围内的读者都产生了巨大的影响。

至于《天方夜谭》的译名，更正宗的还是《一千零一夜》。有不少版本的确都是按照一夜接一夜的故事来编排的。这种独特的叙事结构在阿拉伯古代的叙事文学中是绝无仅有的，与中国的章回体小说在结构上具有异曲同工之妙。之所以翻译成《天方夜谭》，跟中国最初翻译这一作品是从英文等欧洲文字转译而来有关。法国人加兰于18世纪初根据叙利亚抄本首次把《一千零一夜》译成法文出版，以后在欧洲出现了各种文字的转译本和新译本，在欧洲引起轰动，掀起了东方热，很多的欧洲译本都冠名以 *Arabian Nights*，因中国多以“天方”指代阿拉伯，故而译为《天方夜谭》。

除了《一千零一夜》以外，在国内接受度比较高的阿拉伯作家作品便是马哈福兹和纪伯伦了。因而在本书中出现对马哈福兹和纪伯伦的解读便也是难以缺席的了。纪伯伦的接受度高在很大程度上跟纪伯伦作品本身的魅力有关，但窃以为另一个因素跟冰心先生的译介有很大的关系，她在《先知》刚出版不久就以美妙的译笔翻译成中文，并且在译序中非常准确地把握了作品的精髓，从而受到很多中国读者的喜欢。而马哈福兹的作品翻译得较多自然是因为他是阿拉伯世界目前为止唯一的一个诺贝尔文学奖获得者。其实马哈福兹是一位多产的作家，他一生创作了五十多部小说作品，还有好多作品至今没有中文译本，一个重要的原因是他的作品版权据说被开罗美国大学出版社买断，想要得到马哈福兹作品的版权不太容易。

阿拉伯文学是一个巨大的宝库，本书中涉及的苏丹作家陶菲格·哈基姆、塔伊布·萨利赫、哈黛·萨曼、杰马勒·黑塔尼等都是阿拉伯现当代文学的名家，他们的作品都有中文译本。改革开放以来，国内的阿拉伯语学者还是译介了不少作品，世纪之交阿拉伯世界评选出来的一百零五部最佳阿拉伯语小说排行榜上的作品已经有二十多种译成了中文，但是由于欧洲中心主义的影响，这些阿拉伯文学作品还没有得到充分的重视，也没有得到充分的研究。希望这本书的出版，能多多少少引起部分读者对阿拉伯文学的兴趣。

最后要感谢中国社会科学院外国文学研究所和作家出版

社，以及策划方“明哲文化”，给我这个很好的机会，来呈现本人对阿拉伯文学的释读。特别感谢陈众议研究员对我的信任和外文所张锦在本书出版过程中的大量沟通工作，也感谢本书的编辑为本书的编排所做出的努力。

林丰民

2018 年 7 月于燕园